AF150281

ALEXANDRA MONZ

DER WEG ZURÜCK ZU MIR

novum pro

Dieses Buch ist auch als
e-book
erhältlich.

Bibliografische Information
der Deutschen Nationalbibliothek:

Die Deutsche Nationalbibliothek
verzeichnet diese Publikation in
der Deutschen Nationalbibliografie.
Detaillierte bibliografische Daten
sind im Internet über
http://www.d-nb.de abrufbar.

Gedruckt in der Europäischen Union
auf umweltfreundlichem, chlor- und
säurefrei gebleichtem Papier.

© 2025 novum Verlag

ISBN 978-3-7116-0174-2
Lektorat: Naemi Hofer
Umschlagabbildungen: Vaclav Volrab,
Patryk Kosmider I Dreamstime.com,
Alexandra Monz
Umschlaggestaltung, Layout & Satz:
novum Verlag

www.novumverlag.com

Druckprodukt mit finanziellem
Klimabeitrag
ClimatePartner.com/16547-2311-1001

WIDMUNG

Für all die lieben Menschen, die zu meinem Leben gehören und so unendlich wichtig für mich sind, und an alle, die bereits gegangen sind.

Für meine ganze große, liebevolle Familie, die in jeder Lebenslage hinter mir, meinen Entscheidungen und meinen fixen Ideen steht.

Für meine Freunde – jene, die ein Leben lang an meiner Seite stehen, ebenso wie jene, die mich ein Stück meines Weges begleiten.

Für J. und S., die Mädels, die mich darin bestärkt haben, mein Manuskript an einen Verlag zu schicken.

Für meine zwei Radiergumminasen, LUNA und HECTOR, die mein Leben auf eine Art bereichern, die ich nicht in Worte fassen kann.

Für den BESTEN PAPA und die WUNDERVOLLSTE SCHWESTER der Welt – mit eurer Liebe wird mir jeder Schritt immer etwas leichter fallen.

Und zu guter Letzt für die Person, von der ich mir am allermeisten wünschen würde, sie wäre noch bei uns, um mein Buch und alles, was noch kommt, lesen zu können. Ich weiß genau, du bist immer bei mir und gibst mir den Mut und die Kraft, alles zu schaffen, was ich mir vorgenommen habe.

VORWORT

Da stehe ich nun, vor dem riesigen Flughafengebäude, mit meiner riesigen „Marry Poppins"-Reisetasche in der Hand, in meinem liebsten königsblauen Jumpsuit, die langen braunen Haare fein säuberlich zu zwei Zöpfen geflochten, damit sie mir während des Fluges nicht auf die Nerven gehen.

Ich blicke hinunter auf meine Hand in der ich das Flugticket halte, ein leichter Schauer überkommt mich, ich bin nicht Sicher ob es an dem nahenden Unwetter liegt oder an meiner Angst, aber eins ist sicher und ich sage es mir laut vor: „Du wirst diesen Flug nehmen, jetzt oder NIE!".

KAPITEL 1

An dem Abend, als mir Philipp – meine „große Liebe", mein Verlobter – gestand, dass eine seiner Partnerinnen in der Kanzlei, Franziska, ein Kind von ihm erwartet und er schon seit längerer Zeit ein Verhältnis mit ihr hat, schockierte mich das zu tiefst. Es war der schlimmste Moment seit damals, als ich mit großem Entsetzen feststellen musste, dass ich niemals den Weihnachtsmann heiraten würde, da dieser schlicht und einfach nicht existiert.

Erst war es einfach ein Tag mehr, an dem ich unzufrieden von der Arbeit nach Hause gekommen war, gekocht hatte, Philipp und ich uns an den Tisch setzten, aßen und uns von unserem schrecklichen Tag, auf der schrecklichen Arbeit in dieser schrecklichen Stadt mit diesem schrecklichen Verkehr und den schrecklich schlecht gelaunten Menschen erzählten.

So lief nahezu jeder Abend ab, seit wir zusammen nach Frankfurt gezogen waren.

Nur an diesem Abend war irgendetwas anders ... Philipp stocherte nur stumm mit der Gabel in seinem vollgepackten Teller mit Pesto Spaghetti, eigentlich sein Lieblingsgericht, herum und war nicht halb so energisch wie sonst bei der Diskussion dabei, ob nun Fahrradfahrer oder Fußgänger die größeren Verkehrssünder waren. Alles, was er zum Thema von sich gab, waren ein paar Grunzgeräusche, die wohl ein Zeichen der Gleichgültigkeit darstellen sollten sowie das ein oder andere „Hm, ja, da könntest du recht haben".

Weil ich nicht willens gewesen war, eine Unterhaltung mit mir selbst zu führen, da ich das ja ohnehin den halben Tag auf der Arbeit tat, wenn mein Chef sich mal wieder nicht für meine Meinung interessierte, beendete ich das Gespräch mit einem „Na ja, der blöde Radfahrer hat es auf jeden Fall überlebt", und widmete mich weiter meinem Essen.

„Sie ist schwanger!", hörte ich Philipp plötzlich kleinlaut sagen.

„Wer ist schwanger?", gab ich zurück, ohne genau zu wissen, wie der plötzliche Themenwechsel zustande gekommen war.

„Franziska!", sagte er noch etwas leiser.

„Das ist doch wunderbar! Freut mich sehr für sie. Ich wusste nicht, dass sie mit jemandem zusammen ist, davon hast du nichts erzählt. Dann sollten wir uns gleich morgen um ein angemessenes Gesche...", weiter kam ich nicht, denn Philipp fiel mir barsch ins Wort:

„Ich bin der Vater, es ist mein Kind, es tut mir leid."

Ich muss immer wieder an diesen einen Satz denken: „Ich bin der Vater, es ist mein Kind, es tut mir leid!" Es tut ihm leid ... Na ja, ich würde eher sagen, mir tut es leid, dass ich so lange auf diesen Mistkerl hereingefallen bin.

Philipp und ich waren seit der 7. Klasse ein Paar gewesen. Er hatte mir im Winter in der Mittagspause auf dem Schulhof einen riesigen Schneeball direkt ins Gesicht befördert, woraufhin ich mich auf ihn gestürzt hatte, um ihm mit Schnee den Mund auszuwaschen, was unweigerlich dazu führte, dass wir beide uns das nächste Mal zum Nachsitzen wiedersahen. Seit diesem Tag war es dann um uns geschehen.

Fünfzehn Jahre lang haben wir gemeinsam schlimme Zeiten überstanden und schöne Augenblicke genossen.

Ich mache ihm keine Vorwürfe, denn ich bin der Meinung, dass jeder für seinen Weg selber verantwortlich ist. Ich hatte mich gerne dafür entschieden, meine Wünsche hintanzustellen, bis er in seinem Beruf Fuß gefasst und sich einen Namen gemacht hätte, Hauptsache wir waren zusammen.

Seine Karriere lief mittlerweile super, genauso wie sein Liebesleben ganz offensichtlich, und ich quälte mich von Tag zu Tag ins Büro und machte meine Ausflüge durch die ganze Welt in meinen Träumen. Meine Zeit würde irgendwann kommen.

Ich wäre niemals auf die Idee gekommen, dass mein geliebter Freund sich nicht im Geringsten für meine Träume und Wünsche interessierte und auch niemals vorhatte, mich dabei zu unterstützen. So fällt man eben auf die Nase.

Nun stehe ich hier, eine Woche später, noch immer sehr verletzt, noch immer sehr wütend, noch immer fühle ich mich hintergangen, aber mit der Gewissheit, dass mein Leben nun eine Wende nehmen würde. Ich habe meinen Job gekündigt, der mir von vornherein nie besonders viel Freude bereitet hat, habe mein ganzes gespartes Geld zusammengekratzt, ein Flugticket nach Irland gekauft und mir einen Plan gemacht, was ich alles sehen und erleben möchte, was, um es genau zu betrachten, absolut unnötig war, da meine Pläne so gut wie nie aufgehen. Womit wir wieder am Anfang wären.

Noch eine Stunde, bis der Flieger in den Himmel steigt. Und ich mittendrin. Sollte ich nicht doch noch in einem Anflug von Vernunft oder fürchterlicher Angst einen Rückzieher machen, bei meinem Chef zu Kreuze kriechen und ihm sagen, dass es nicht ernst gemeint war, dass er ein „Speichelleckender Vollpfosten ist, der nichts anderes kann, als die Menschen um sich herum zu manipulieren und seine schlechte Laune an seinen Angestellten auszulassen".

Ich schaue noch ein letztes Mal auf mein Telefon. Eine weitere verzweifelte Nachricht von meiner Mutter: „Hast du auch daran gedacht, genug warme Kleidung einzupacken? Es soll sehr kalt werden in den nächsten Tagen!" Ich muss grinsen ... meine Mami.

Als ich meinen Eltern von meinen Plänen erzählt habe, ist meine Mutter in Tränen ausgebrochen und seufzte etwas von: „Du kannst doch nicht einfach so ohne einen Job oder ein Dach über dem Kopf ganz alleine nach Irland fliegen", und, „du kannst doch auch bei uns wohnen, hier hast du doch alles, was du brauchst." Was ich natürlich in den ersten beiden verheulten Tagen und Nächten in Erwägung gezogen habe. Dann bin ich aber zu dem Entschluss gekommen, dass ich nicht wieder in mein Kinderzimmer zurückziehen, sondern das Beste aus der Situation machen und endlich an meine Träume und Visionen denken möchte, und dass nun die allerbeste Gelegenheit dazu ist.

So hatte das ganze Drama dann doch wenigstens eine gute Seite.

Mein Vater hat mir nur anerkennend auf den Rücken geklopft und „Gut, dass du den Volltrottel los bist. Viel Spaß in Irland!" gebrummt, was ihm ein „TIM!" sowie einen abschätzigen Blick von meiner Mutter eingebracht hat, woraufhin er den Mund hielt und mir nur zum Abschluss noch ein letztes Mal zu zwinkerte.

Der Flieger hebt ab. Ich habe es geschafft einzusteigen, ohne mich zu übergeben oder panisch zu werden und wegzurennen. Ich bin stolz auf mich und genieße es nun, dass die Last der letzten Tage mit jedem kleinen Zentimeter, den sich der kleine Punkt auf dem Bildschirm vor mir weiter von Frankfurt entfernt, zu schwinden beginnt.

Reinhard Mey hatte recht: Über den Wolken ist die Freiheit grenzenlos!

Und ich bin gerade unterwegs in meine eigene kleine Freiheit.

KAPITEL 2

Als ich aus dem Flugzeug steige und in die gewaltige Flughafenhalle am Dublin Airport trete, überrollt mich eine Welle von „Wow, ich habe es wirklich getan", „Oh mein Gott, was zum Geier habe ich mir dabei gedacht, einfach so ohne Job, Wohnung und mit einem doch sehr begrenzten Budget (für die ersten zwei Wochen würde ich mich im schlimmsten Fall über Wasser halten können, aber dann wird's Zeit) in ein fremdes Land durchzubrennen" und „Tieeeef durchatmen, du schaffst das, alles wird gut".

Nachdem ich es geschafft habe, den Weg aus dem Labyrinth aus Terminals und Gepäckausgabe zu bahnen, geht das Abenteuer mit der Suche nach dem richtigen Bus, der mich zum richtigen Hotel oder zumindest in die ungefähre Richtung befördert, weiter.

Überglücklich, dass ich mich doch von meiner Mutter dazu habe überreden lassen, mir für die ersten Tage ein Hotelzimmer zu buchen, falle ich nach einer kurzen Busfahrt und ein paar Schritten zu Fuß, absolut geschafft ins Bett und schlafe tief und fest ein.

Das Clifton Court Hotel ist ein uriges kleines Bed and Breakfast mit krummen Wänden, verwinkelten Fluren, die auch als Drehort für einen „Harry Potter"-Film genutzt werden könnten, und winzigen Zimmern mit noch kleineren Bädern. Aber es ist sauber und alles in allem hat es sehr viel Charme und alles, was man braucht, um sich wohlzufühlen.

Nach meinem kurzen Zwei-Stunden-Powernap ist es inzwischen dunkel geworden und ich beschließe, mich auf die Suche nach etwas Essbarem zu machen.

Im hoteleigenen Pub suche ich mir die gemütlichste und am weitesten hinten gelegene Ecke mit der besten Übersicht über das kleine Lokal und die gut gelaunten Gäste, und bestelle mir erst einmal ein großes Glas Guinness. Nach einer Portion Fish and Chips, dem zweiten Guinness, einem Glas Cider und mehreren

Diskussionen mit dem Barkeeper darüber, ob ich den zweiten Bowmore noch trinken sollte oder nicht, bin ich froh, dass mein Bett nur zwei Stockwerke entfernt ist.

Als ich am nächsten Morgen wach werde, bereue ich den Whiskey gänzlich und verfluche den Barkeeper. Der hatte mir, nachdem ich jämmerlich zu weinen begonnen und ihm von meinem schrecklichen Verlobten, Moment, Ex-Verlobten, erzählt hatte, doch noch Whiskey Nummer drei und vier eingeschenkt und gesagt, dass ich das jetzt wirklich nötig hätte.

Eine weitere Stunde Schlaf später mache ich mich mit einem Kater und dem Vorsatz, nie wieder einen Tropfen Alkohol anzurühren, auf den Weg in die Stadt, um mich nach Jobs und Wohnungen umzuschauen. Ich hatte mir sagen lassen, dass das die beste Art sein sollte, eines von beidem oder mit viel Glück beides zu finden. Und nun stehe ich tatsächlich gleich am Eingang zur Temple Bar, dem Kneipenviertel in Dublin, vor einem Souvenirladen, in dessen Tür ein „Help wanted"-Schild hängt.

Da mein Englisch nicht das allerbeste ist, werde ich von diesem Souvenirladen, zwei weiteren sowie einem kleinen Supermarkt und einem kleinen Pub, der den Eindruck vermittelt, er wäre eher ein Treffpunkt für die örtlichen Satanisten als eine Bar, weggeschickt. Also mache ich das Beste aus dem Rest des Tages und unternehme einen langen Spaziergang durch St. Stephen's Green und mir wird bewusst, dass ich seit ewigen Zeiten das erste Mal wieder ganz alleine unterwegs bin. Und ich finde es großartig! Es macht mir keine Angst, im Gegenteil, ich genieße es, dass ich gerade nicht weiß, was vor mir liegt.

Später am Abend stehe ich vor meinem Bett, auf welchem ich meine Reisetasche entleert habe, und suche mir ein ausgehtaugliches sowie warmes Outfit zusammen, denn ich habe beschlossen, mich nicht den mitleidigen Blicken des Barkeepers von gestern Abend auszusetzen. Als ich aus der Hoteltür trete, habe ich mich für meine Lieblingsjeans, eine dunkelgrüne Bluse und eine Strickweste, die man bei Bedarf auch als Picknickdecke hätte benutzen können, entschieden und marschiere los in Richtung Innenstadt zur Temple Bar. Ich lasse mich vom abendlichen Getümmel der vielen verschiedenen Menschen durch das Viertel leiten, lasse mir hier und da einen Drink ausgeben und genieße die gelassene Stimmung in den Straßen und den Pubs. Ich liebe es, die unterschiedlichen Menschen zu beobachten.

Gegen Mitternacht beschließe ich, dass es Zeit ist „nach Hause" zu gehen und mache mich auf den Weg zum Hotel. Ich nehme den Weg über die Ha'penny Bridge, eine alte Fußgängerbrücke aus dem 19. Jahrhundert, weil ich abseits des Getümmels noch ein paar Minuten in Ruhe an der frischen Luft spazieren möchte.

Ich habe Glück, denn fernab der Straßen der Temple Bar sind nicht viele Menschen unterwegs. Außer einem Pärchen, das sich im Schein des Mondlichts leidenschaftlich auf der Brücke küsst und sodann auf der anderen Seite der Liffey ins Dunkel der Straßen verschwindet, begegne ich niemandem. Ich kann in Ruhe meinen Gedanken nachhängen und mich auf meine Atmung konzentrieren. Ein erneutes Gefühl von Freiheit überkommt mich schlagartig und ich spüre, wie die frische kühle Nachtluft meine Lungen füllt. Mir wird bewusst, dass ich seit sehr langer Zeit nicht mehr so frei geatmet habe. Ein Bewusstsein, dass eine Träne über meine Wange rollen lässt. Zum einen eine Träne des Bedauerns darüber, wie unbedacht ich in den letzten Jahren mit mir selbst umgegangen bin, und zum anderen eine Träne des Stolzes darüber, dass ich mich endlich auf den Weg gemacht habe, mein Leben in die eigene Hand zu nehmen und die Verwirklichung meiner Träume anzugehen.

Auf dem Weg zurück zu meinem Hotel bin ich weiter in Gedanken versunken, da sehe ich vor einer kleinen Bar ein Mädchen stehen, es könnte in meinem Alter sein, das sich die Augen aus dem Kopf zu weinen scheint. Ich stecke den Kopf in meine Handtasche, die eigentlich nicht sonderlich groß ist, in der ich aber grundsätzlich erst einmal ewig nach etwas kramen muss, fische ein Taschentuch heraus, trete vor die hübsche zierliche Frau und halte ihr das Tuch vor die Nase.

„Alles in Ordnung?", frage ich unsicher und hoffe, dass sie mich nicht für zu aufdringlich hält. Aber ich kann eben nicht einfach an weinenden Menschen vorbeigehen.

„Sehe ich so aus?!", faucht die blondgelockte Frau, die mir gerade bis zur Nasenspitze reicht.

Vielleicht hätte ich einfach weiter gehen sollen ... Erschrocken starre ich sie an, auch weil ich eher mit einer leisen, hohen Stimme, passend zu ihrem schmächtigen Erscheinungsbild, als mit einer lauten, kratzigen gerechnet hatte.

„Ich dachte, Sie brauchen vielleicht Hilfe. Entschuldigen Sie bitte, es geht mich auch wirklich nichts an." Ich will mich umdrehen und gehen, als sie mich am Arm greift und festhält. Mein erster Gedanke: „Oh mein Gott, jetzt haut sie mir eine runter."

Mit zugekniffenen Augen drehe ich mich um, die Hände schützend vor meinem Körper positioniert und hoffe, es geht schnell vorbei. Denn mich zu wehren wäre aussichtslos, da ich vermutlich sogar einer Schmeißfliege unterlegen wäre. Ein paar Sekunden stehe ich so da und wundere mich, dass nichts geschieht, als ich plötzlich ein Kichern, dann ein lautes Lachen höre. Vorsichtig öffne ich erst ein Auge, dann das andere. Das kleine, bei näherer Betrachtung, feenhafte Geschöpf steht vor mir und lacht. Sie lacht, einfach so, ich glaube, sie lacht mich aus. Was soll denn nun das?!

„Ent...tschuldige bi...bitte, i...ich w...wollte dich nicht er... schrecken", bringt sie heraus, schon aus der Puste vor lauter Gelächter.

Einerseits freue ich mich, dass Sie offensichtlich nicht vorhatte, mir eine überzubraten und auch, dass sie nicht mehr ganz so traurig zu sein scheint wie zu Beginn unserer Begegnung. (Ich bin ja gerne mal die Lachnummer, wenn ich anderen so wieder ein Lächeln ins Gesicht zaubern kann.) Andererseits fühle ich mich etwas lächerlich. So warte ich erst einmal ab, bis Blondie wieder Luft bekommt, und schaue sie dann verwirrt an. Offenbar wird ihr in diesem Moment klar, dass ich die Situation nicht ganz so amüsant finde wie sie. Denn als sie meinen Gesichtsausdruck sieht, reißt sie sich zusammen und hört auf zu lachen.

„Es tut mir wirklich leid, aber was genau hast du gedacht, was ich dir antun will?"

„Ich dachte, du willst dich mit mir prügeln!"

Wieder ein Lachanfall.

„Ich wollte mich dafür entschuldigen, dass ich dich so angeblafft habe und mich für das Taschentuch bedanken."

„Oh! Ja, gern geschehen!"

Sie streckt mir die Hand entgegen: „Hi, ich bin Deirdre."

„Mein Name ist Marie."

„Also Marie, kannst du mir meine unglaublich nette Begrüßung von vorhin verzeihen? Du hast mich eben definitiv auf dem falschen Fuß erwischt, das tut mir sehr leid!"

„Ich denke, ich kann darüber hinwegsehen", sage ich heiter und zwinkere ihr zu.

„Du heißt also Deirdre? Wie dramatisch!"

„Ja, meine Eltern standen eine Zeit lang auf irische Mythologie. Und da sollte es eben die Frau sein, die sich selbst richtete, als sie gerade dachte, endlich mit ihrer großen Liebe zusammen sein zu können, und dann zuerst ihn verlor und … Na ja, bis auf den Suizid und die Tatsache, dass die Kerle nicht drauf gehen, was nicht heißt, dass ich mir das nicht für den einen oder anderen gewünscht hätte, ist das eigentlich so ziemlich ‚The Story of my Life'", gibt sie kichernd und mit dramatischen Handbewegungen unterstrichen zurück.

„Und aus welchem Städtchen in Deutschland kommst du?"

„Oje, mein Englisch scheint wohl noch schlechter zu sein, als ich die ganze Zeit vermutet habe."

„Ich habe es deinem Akzent nach vermutet … so schlecht ist dein Englisch wirklich nicht!"

„Dann frage ich mich, was den Souvenirladen- und Pub-Besitzern daran nicht gefallen hat. Von denen wollte mich nämlich niemand einstellen, weil man mich so schlecht verstehen würde."

„Mach dir nichts daraus, die stellen viel lieber Studenten ein. Denen müssen sie nicht so viel bezahlen. Nun komm, lass uns in den Pub gehen. Ich gebe dir einen aus, für das Taschentuch und vor allem für den Schrecken, den ich dir eingejagt habe!"

Sie hält mir die Tür auf und ich trete ein ins „The Bachelors Inn", eine kleine gemütliche Kneipe mit durcheinander gewürfelten dunklen Möbeln und dunkelroten Wänden, die mit unzähligen Bildern behangen sind. Jedes davon ist auf seine Art einzigartig und erzählt seine eigene Geschichte. Auf einer kleinen Bühne sitzen zwei Männer auf Barhockern mit ihren Gitarren und singen in gemäßigter Lautstärke irische Volkslieder. Das vermute ich zumindest, weil viele der älteren Herren jedes einzelne Wort mitbrummen. Ich fühle mich sofort wohl hier und werde auch so langsam aber sicher warm mit Deirdre und ihrer quirligen Art. Sie spendiert mir einen Drink nach dem anderen und durchlöchert mich mit allen möglichen Fragen. Ich tue es ihr gleich und zum Ende der Nacht weiß ich, dass sie 22 Jahre alt ist, einen älteren Bruder hat, bei dem sie lebt und ihr Kunststudium mit der Arbeit im „The Bachelors Inn" finanziert. Ursprünglich kommt ihre Familie aus Howth, einer kleinen Halbinsel östlich von Dublin. Ihre Eltern wohnen dort immer noch, und jeden Sonntag fahren sie und ihr Bruder Kian zum Familienessen in das kleine Städtchen. Dafür kennt sie nun den Grund für meinen Irlandaufenthalt und verspricht mir, mich bei der Jobsuche zu unterstützen.

Als die Sonne gerade aufgeht, betrete ich das Hotel. So eine lange Nacht hatte ich schon ewig nicht mehr, und es hat richtig Spaß gemacht, mich mit Deirdre über Gott und die Welt zu unterhalten. Ich glaube, hier wird es mir gefallen.

KAPITEL 3

Eine Woche nach dem Abend im „The Bachelors Inn" habe ich zwar noch immer keinen Job gefunden, aber Deirdre hat Wort gehalten und war jeden Tag mit mir unterwegs, um alle erdenklichen Pubs, Souvenirläden sowie Restaurants und Einkaufsgeschäfte abzuklappern – leider ohne Erfolg. Dafür hat sie mit mir etliche Sehenswürdigkeiten in Dublin besucht. Mein Highlight war die Guinness-Brauerei. Am Ende der Führung durch die Brauerei steht man ganz oben in dem riesigen Gebäude und genießt sein frisch gezapftes Guinness mit einer wunderschönen Aussicht über Dublin.

Es ist Freitagabend, ich sitze, mich in Selbstmitleid badend, auf meinem Hotelzimmer und überlege, ob es Sinn machen würde, wieder nach Hause zu fliegen, bis mir klar wird, dass ich nicht mehr wirklich ein Zuhause habe, abgesehen natürlich vom Kinderzimmer bei meinen Eltern. Also beschließe ich, mich zusammenzureißen, rufe Deirdre an und verabrede mich mit ihr im Pub, damit wir einen neuen Schlachtplan ausarbeiten können. Als ich in meiner neuen Lieblingskneipe ankomme, steht meine neue und einzige Freundin bereits hinter der Bar und schenkt gerade zwei älteren Herren Scotch in ihre Gläser. Als sie mich sieht, grinst sie verschwörerisch über das ganze Gesicht. Schlagartig überkommt mich ein ungutes Gefühl, was jetzt wohl auf mich zukommt?!

„Mein liebes Brüderchen musste heute Jaqueline entlassen, sie hat einmal zu oft in die Kasse gegriffen." Kian ist der Geschäftsführer des „The Bachelors Inn". Ich hatte ihn, obwohl ich diese Woche fast jeden Abend mit Deirdre im Pub verbracht habe, noch nicht kennengelernt.

„Und was möchtest du mir damit sagen?"

„Dass er jemand Neues hinter der Bar brauchen wird, und das, meine Liebe, wirst du sein!"

„Warum gehst du davon aus, dass er mich überhaupt für den Job haben möchte?"

„Morgen Abend kommst du zu uns nach Hause zum Essen. Das wird das leckerste Vorstellungsgespräch der Welt! Er wird begeistert sein von dir, du wirst schon sehen!"

„Ich weiß nicht … bist du dir sicher, dass das nicht zu aufdringlich ist?"

„Ach, lass das mal meine Sorge sein! Wir sehen uns morgen Abend um halb sieben in unserer Wohnung, einverstanden?"

„Na gut, wenn du meinst." Ich bin mir zwar nicht sicher, ob das eine gute Idee ist, aber sie wird ihren Bruder gut genug kennen, um zu wissen, wie er auf diesen Überfall reagieren wird. Mehr als „Nein" sagen kann er ja ohnehin nicht.

Samstagabend halb sieben. Deirdre und Kian wohnen ganz in der Nähe des Pubs in einer schicken Dreizimmerwohnung mit zwei Bädern und einer riesengroßen Wohnküche als Herzstück. Ich stehe im Wohnbereich mit den stuckverzierten Decken, den unzähligen Pflanzen und der geschmackvollen Deko, und komme aus dem Staunen nicht mehr heraus. Wie viel verdient man als Geschäftsführer eines zwar wunderschönen, aber doch winzigen Pubs?! Als ob sie meine Gedanken gelesen hätte, mein Blick muss Bände gesprochen haben, meinte Deirdre nur: „Kian war Geschäftsmann, früher, bevor er erkannt hat, dass ihn das nicht wirklich glücklich macht. Damals hat er die Wohnung gekauft."

Ich schüttele den Kopf, um meine Gedanken zu ordnen, und schäme mich plötzlich, weil ich so gestarrt habe. In diesem Moment öffnet sich eine der Zimmertüren und heraus tritt ein großer, gut aussehender Mann, mit rotem Vollbart. Er trägt ein grün-rot kariertes Flanellhemd, locker sitzende Jeans und pinke Wollsocken, was mich sehr verwirrt, aber seinem ansonsten sehr anziehenden Erscheinungsbild nichts abtut. Und wieder stehe ich da und starre, ich glaube sogar, mein Mund steht offen, aber ich habe die Kontrolle über meine Mimik vollends verloren.

„Ist mit dir alles in Ordnung?" Er schaut mich belustigt an.

Ich möchte gerade lieber im Erdboden versinken oder tot umfallen, Hauptsache weg! Was muss er jetzt nur von mir denken?!

„Du musst Marie sein! Hi, ich bin Kian!" Er streckt mir die Hand entgegen und erwartet wohl, dass ich sie ergreife.

Marie, mach endlich deinen Mund auf und sag etwas oder willst du, dass er denkt, du wärst zurückgeblieben?!

Ich schüttele wieder meinen Kopf, dann seine Hand. In lautem, kräftigem Ton begrüße ich ihn und entgegne nur witzelnd: „Sorry, die pinken Socken haben mich irritiert!" Toll, jetzt hält er mich wirklich für komplett irre, aber was soll's, dann kann der Abend ja nur besser werden.

„Die sind von meiner Tochter. Sie hat vor kurzem Stricken gelernt und nun bekommt jeder, der es möchte und jeder, der es nicht möchte, Socken geschenkt. Denn das Schlimmste auf der Welt sind, ihrer Meinung nach, kalte Füße!"

„Ich verstehe. So ähnlich ging es meinem Vater, als ich gelernt habe, wie man eine Nähmaschine bedient. Er hat brav jedes Teil getragen, das ich ihm gezaubert habe, obwohl vieles davon im Nachhinein betrachtet vom Stil her einem Verkehrsunfall gleichkam." Lachend stehen wir beide da und ich bin froh, dass er offensichtlich unglaublich höflich ist und über mein Starren einfach hinwegsieht.

„Schön dich mal persönlich kennenzulernen. Deirdre hat schon sehr viel von dir erzählt. Weißt du schon, wann du anfangen möchtest, im Pub zu arbeiten?"

„Ich dachte, dieses Treffen wäre eine Art ,Vorstellungsgespräch'?"

Verdutzt schaue ich erst zu Kian, dann zu Deirdre, die plötzlich sehr laut in der Küche beginnt, Musicalhits zu schmettern und so tut, als wäre sie ganz und gar in ihre Arbeit vertieft.

„Das ist ein Pub, kein großes internationales Unternehmen. Solange du nicht zu schusselig bist, um ohne Unfall ein Pint Guinness zu zapfen, und nicht der größte Griesgram der Welt bist, wobei das sogar bei Glan funktioniert, denn der ist nie gut gelaunt, bist du perfekt für den Job."

Jetzt komme ich mir ein wenig dumm vor, aber was soll's, ich habe das Maß an Peinlichkeit, welches ich normalerweise von mir gewohnt bin, ohnehin bereits vor zehn Minuten überschritten. Ich bin mir zwar nicht wirklich sicher, was Deirdre mit diesem Treffen bezwecken wollte, aber ich bin sehr gespannt auf ihre Erklärung. Ich nicke Kian noch immer peinlich berührt zu und bringe noch ein „Ich helfe deiner Schwester dann mal in der Küche" heraus und begebe mich schnellen Schrittes quer durch das riesige Wohnzimmer zu Deirdre, die, wohl wissend, dass ich sie wahrscheinlich gleich einen Kopf kürzer machen werde, schon hinter die Kochinsel verschwindet und sich duckt.

„Vielen Dank für diesen unglaublich peinlichen ersten Eindruck, den ich nun wohl bei deinem Bruder hinterlassen habe!"

„Ach, mach dir nichts draus, ich glaube, er mag dich!"

„Warum hast du mir nicht gesagt, dass ich quasi schon eingestellt bin?"

„Weil du ansonsten wahrscheinlich nicht zu einem Essen mit meinem Bruder und mir zugesagt hättest!"

„Wovon redest du überhaupt? Wenn du mich einfach so eingeladen hättest, wäre ich genauso gerne gekommen und hätte mit dir einen schönen Abend verbracht."

„Ganz genau, mit MIR! Aber nicht mit meinem Bruder! Du könntest wirklich ein bisschen Zerstreuung brauchen, und er auch, also dachte ich mir ..."

In diesem Moment fällt der Groschen: „Du wolltest uns doch nicht etwa verkuppeln? Deirdre, ich habe mich gerade vor zwei Wochen von meinem Verlobten getrennt, mit dem ich fünfzehn Jahre zusammen war. Denkst du nicht, ich habe andere Probleme, als mich gleich dem erstbesten Mann, den ich kennenlerne an den Hals zu werfen?!"

„Ich dachte, es wäre eine schöne Idee. Ihr müsst ja nicht gleich heiraten! Ich wollte dich wirklich nicht verletzen, es tut mir leid!" Ich glaube ihr, bin aber nicht bereit, sie so einfach damit davonkommen zu lassen.

Davon ausgehend, dass auch Kian von der Verkupplungsaktion seiner Schwester keine Ahnung hatte, beschließe ich, das Gespräch mit Deirdre für mich zu behalten und konzentriere mich den Rest des Abends auf das leckere Essen und die nette Gesellschaft. Dafür büßen lassen kann ich sie auch morgen noch.

Eine nette Gesellschaft ist es wirklich, Kian ist genau wie seine kleine Schwester ein Mensch zum Gernhaben. Er lässt keine Gelegenheit aus, sie liebevoll zu necken, und man spürt sofort, dass kaum ein Blatt Papier zwischen die beiden passen würde. Auch wenn der kleine zehnjährige Kian damals nicht unbedingt angetan von der Idee war, ein großer Bruder zu werden, wie er erzählt. Aber ab dem Moment, als er sie das erste Mal halten durfte, tat er seinen Job. Er war ihr bester Freund und ihr Beschützer, von Anfang an. Ich liebe solche Geschichten. Zwar sind sie wirklich kitschig, aber jeder, der Geschwister hat, weiß, dass man sich, trotz tiefster Verbundenheit, das ein oder andere Mal mit Sicherheit gewünscht hat, Einzelkind zu sein. Das war bei mir und meiner Schwester nicht anders. Spätestens als sie mit ihrem ersten Freund zu Hause ankam, ich mich ins Zimmer geschlichen und Knutschgeräusche nachgeäfft oder die zwei auf Schritt und Tritt verfolgt habe, wollte sie mir gerne den Hals umdrehen.

Die beiden erzählen von ihrer Kindheit in Howth, die wirklich einem Bilderbuch gleich gewesen sein muss. Und Kian schwärmt zwischendurch immer wieder mal von seiner kleinen Tochter, Lea, die alles andere als ein Wunschkind war, nichtsdestotrotz aber das Tollste in seinem Leben ist. Auch ich erzähle ein wenig aus meinem Leben, von meinen Eltern, meiner großen Schwester und meinen drei über alles geliebten Nichten und Neffen.

Zwischen Tausenden von Geschichten über mein Leben und ihres und unglaublich leckerem Essen ist der Abend wie im Sturm verflogen. Es ist bereits zwei Uhr nachts, als ich den Weg nach Hause antrete und vollkommen zufrieden mit vollem Bauch ins Bett und in einen tiefen Schlaf falle.

Obwohl ich so spät ins Bett gekommen bin, geht es mir am nächsten Morgen erstaunlich gut und ich freue mich auf den Abend. Denn ich habe mit Kian vereinbart, dass ich heute das erste Mal im Pub arbeiten würde. Er hat es vorgeschlagen, da sonntagabends nicht ganz so viel los ist und ich mich so in Ruhe einarbeiten kann. Als ich darüber nachdenke und meinen Koffer nach dem perfekten Outfit für den ersten Arbeitstag durchforste, wird mir klar, dass ich shoppen gehen muss.

KAPITEL 4

Nach zwei Wochen Arbeit im Pub bin ich mittlerweile ein richtiger Profi geworden, schleudere Flaschen herum und tanze Coyote Ugly-like über die Theke, während ich Schnapsgläser fülle und sie dann für den Showeffekt anzünde.

Kleiner Scherz am Rande!

Es läuft ganz gut. Zwar haben leider ein paar Flaschen, Teller und Gläser meine erste Woche nicht überlebt, aber alle haben mir versichert, dass das ganz normal wäre und der ein oder andere hat das vielleicht sogar ernst gemeint ... das konnte ich nicht genau erkennen, weil sie alle fast auf dem Boden gelegen haben vor Lachen.

Die Arbeit macht mir sehr viel Spaß, ich habe schon viele interessante neue Menschen kennengelernt und faszinierende Geschichten gehört. Man ist nämlich Klischee gemäß als Barkeeper tatsächlich nebenberuflich Seelenklempner. Dabei ist es oft gar nicht notwendig, irgendetwas zu kommentieren oder einen Rat zu erteilen, manche wollten einfach nur jemanden, der ihnen zuhört und gelegentlich nickt, damit sie ihre Sorge los sind, die ihnen auf der Seele brennt.

Man könnte sagen, ich bin für diesen Job geboren!

Ich habe nie wirklich gewusst, was ich werden will, wenn ich mal groß bin, und wenn ich ehrlich bin, weiß ich das bis heute nicht, bin aber fest davon überzeugt, dass ich das irgendwann noch herausfinden werde!

Drei Wochen bin ich nun hier in Irland, noch nicht länger als ein Urlaub, aber ich fühle mich bereits wohler, als es jemals während der Zeit in Frankfurt der Fall gewesen war.

Vielleicht liegt es daran, dass die Menschen wesentlich netter sind als in Frankfurt oder generell in Deutschland. Die Iren sind scheinbar alle stets gut gelaunt und immer zuvorkommend. Hoffentlich ändert sich das nicht, sobald meine rosarote „Ich

hab's endlich geschafft, das zu tun, was ich immer vorhatte"-
Blase platzt. Und das wird sie mit Sicherheit, denn ich bin nicht
so naiv zu denken, dass weiterhin alles so gut läuft wie bisher.
Ich habe nach wie vor noch keine Wohnung und es ist leider
keine Option noch viel länger im Hotel zu wohnen, also bin ich
in der Zeit, in der ich nicht gerade im Pub arbeite oder schlafe,
auf der Suche nach einer passenden Bleibe. Nach mehreren Be-
sichtigungen mache ich mittlerweile einen Bogen um WGs, man
glaubt nicht, wie chaotisch manche Menschen sind. Ich bin nun
wirklich niemand, der verlangt, dass rund um die Uhr geputzt
wird. Und von den verschiedenen wohl psychisch gestörten In-
dividuen möchte ich gar nicht erst anfangen.

Zwar haben Deirdre und Kian mir das unbenutzte Zimmer in
ihrer Wohnung angeboten, ich denke aber, dass ich wenigstens
das ohne Hilfe der beiden hinbekommen sollte.

Mittlerweile habe ich beschlossen, mich auch ein wenig au-
ßerhalb von Dublin nach Unterkünften umzusehen, und bin
unterwegs nach Celbridge, einem Dörfchen östlich von Dublin.

Als ich bei der angegebenen Adresse ankomme, staune ich
nicht schlecht.

Von der Straße aus tritt man durch ein weißes Holztür-
chen, das zwischen einer halbhohen Mauer hindurchführt und
das schon lange keine neue Farbe mehr gesehen hat, auf einen
schmalen Steinpfad. Zu beiden Seiten des Weges ist das Gras
schon so hochgewachsen, dass man mit einem Rasenmäher
nicht mehr durchkommen würde. Hier helfen nur noch Kühe
oder Schafe, denke ich mir.

Ich stehe vor einem kleinen, uralten Steinhäuschen mit Klapp-
fensterläden, windschiefem Strohdach und einer mit Efeu um-
rankten Fassade. Aus dem Schornstein steigt Rauch in den Himmel, absolut traumhaft. Hinter dem Haus ist ein weiteres kleines
Stück Garten zu erkennen, mit Beeten, einem riesigen Weißdorn
und einem Stück Steinmauer auf der Grundstücksgrenze.

Nun frage ich mich, wo in diesem winzigen Haus eine zweite
Wohnung untergebracht sein soll, denn die Miete für ein ganzes
Haus könnte ich mir beim besten Willen von meinem Gehalt

im Pub und dem Trinkgeld nicht leisten. Unsicher klopfe ich, ja klopfen, hier gibt es nämlich statt einer Klingel noch einen Türklopfer, an der roten, mit wunderschönen Schnitzereien verzierten Tür an und bin sehr gespannt, was mich erwartet. Es dauert einen Moment, bis sich die Tür langsam öffnet und mich zwei Glupschaugen durch eine riesige Hornbrille mit dicken Gläsern erwartungsvoll anschauen.

„Hallo, ich heiße Marie und komme wegen der Zeitungsanzeige. Ich habe mit einer Frau telefoniert, die mir gesagt hat, ich solle heute vorbeischauen." Ich strecke ihm die Hand entgegen und warte.

„Das war meine Tochter, ich hatte ihr gesagt, dass ich hier niemanden brauche!" Sagt der alte Mann etwas verärgert und ich weiß nichts mit dieser Aussage anzufangen.

In diesem Augenblick kommt eine Frau winkend den Steinpfad entlanggeeilt, ich vermute, sie ist etwa im Alter meiner Eltern, vielleicht auch ein bisschen älter, und sehr schick gekleidet.

„Es ist wirklich schön, dass Sie Zeit hatten, so kurzfristig herzukommen, Marie. Guten Tag, ich bin Theresa Reagan und das ist mein Vater, Liam O'Brian."

„Theresa, ich brauche hier niemanden, ich komme sehr gut allein zurecht!" Mr. O'Brian ignoriert mich und faucht seine Tochter weiter an: „Was bildest du dir ein, einfach ohne meine Zustimmung eine Annonce in der Zeitung zu schalten? Ich bin doch nicht senil!"

„Vater, du brauchst Hilfe! Jemanden, der dir etwas zu Essen kocht und der drinnen mal für etwas mehr Ordnung sorgt! Zumindest bis dein Bein wieder besser geworden ist und du ohne Gehhilfe laufen kannst!", gibt Mrs. Reagan verzweifelt zurück.

Verwirrt schalte ich mich in das Gespräch ein, obwohl es mir unangenehm ist, die beiden „belauscht" zu haben, was allerdings nicht besonders schwer ist, da Mr. O'Brian offensichtlich nicht sonderlich gut hören kann und die Konversation deshalb sehr lautstark stattfindet.

„Entschuldigen Sie bitte, aber vielleicht sollte ich besser wieder gehen. Ich fürchte, hier gibt es ein Missverständnis. In der

Anzeige stand nichts von einer Pflegekraft, ich wollte mir eine Wohnung ansehen", gebe ich kleinlaut von mir.

Mr. O'Brian mustert mich verständnislos. Ich denke, es hat ihm nicht gefallen, dass ich ihnen einfach ins Wort gefallen war. Und Mrs. Reagan wirkt skeptisch, als hätte sie nicht verstanden, was ich gerade von mir gegeben habe.

Sie holt tief Luft und setzt noch einmal an: „Aber in der Annonce stand doch, dass wir jemanden suchen, der hier wohnt und meinem Vater unter die Arme greift."

„Es tut mir wirklich leid Mrs. Reagan, aber davon stand wirklich nichts in der Zeitung."

„Das kann nicht sein, dann muss irgendetwas schief gelaufen sein! Nun, es ist, wie es ist. Möchten Sie es nicht vielleicht trotzdem einmal versuchen?" Sie scheint sehr verzweifelt zu sein.

„Ich weiß nicht, ich habe sowas noch nie gemacht und Ihr Vater scheint nicht begeistert von der Idee zu sein, dass jemand Fremdes bei ihm einziehen soll. Außerdem habe ich in der Stadt bereits einen Job."

„Ach das ist doch kein Problem, Sie können sich Ihre Zeit frei einteilen und müssten nur dafür sorgen, dass es hier etwas ordentlicher ist, dafür, dass er jeden Tag eine warme Mahlzeit bekommt und gelegentlich einkaufen gehen. In der kleinen Garage zur Straße hin steht ein kleines Auto. Es ist alt, aber es sollte noch fahren und Sie könnten es selbstverständlich auch privat nutzen.

Oben ist ein Zimmer, das Sie gerne einrichten können, wie Sie möchten, und einen angemessenen Stundenlohn dürfen Sie auch erwarten. Bitte versuchen Sie es, er ist ein ganz netter Zeitgenosse, wenn er sich erst mal an jemanden gewöhnt hat! Bitte sagen Sie nicht Nein. Seit Wochen hat sich niemand mehr auf die Anzeige gemeldet und ich bin verzweifelt, denn ich kann nicht jeden Tag herkommen, um mich um ihn zu kümmern. Ich mache mir wirklich Sorgen, dass er alleine verwahrlost!"

Die arme Frau sieht wirklich unglücklich aus, und dieser Meinung scheint offensichtlich nun auch ihr Vater zu sein, der noch immer recht unbequem in der Haustür steht, aufgestützt auf seinem Gehstock.

Als er die ausschließlich gut gemeinten Absichten seiner Tochter endlich begreift, wird sein Blick weicher und er wendet sich wieder an sie:

„‚Er‘ steht nach wie vor neben dir und kann dich sehr gut hören! Wenn es dir so wichtig ist, dass ich hier nicht alleine bin, dann werde ich es versuchen!" Nun dreht Mr. O'Brian sich zu mir um: „Also junge Frau, wollen Sie uns beiden eine Chance geben? Was haben Sie schon zu verlieren?"

Ich bin mir unsicher, was ich tun soll. Das Gehalt, das Mrs. Reagan mir anbietet, ist zwar nicht hoch, aber dafür hätte ich ein Dach über dem Kopf und was noch wichtiger ist, ich hätte ein Auto. Andererseits weiß ich nicht, ob ich das mit der Arbeit im Pub unter einen Hut bekomme.

Die beiden stehen mir gegenüber und sehen mich erwartungsvoll an.

KAPITEL 5

Da stehe ich nun, mit all meinem Hab und Gut, das ich in Deutschland in meine Reisetasche stopfen konnte, vor dem roten Gartentürchen inmitten der malerischen, grünen irischen Landschaft und bin mir noch immer nicht sicher, worauf ich mich da eingelassen habe!

Mrs. Reagan hatte versprochen, heute vorbeizukommen, um mir die wichtigsten Dinge zu erklären. Allerdings ist von ihr bis jetzt noch nichts zu sehen, also bleibe ich erst mal im Vorgarten stehen und genieße den Nieselregen, der auf mein Gesicht prasselt und meine Nasenspitze zum Kribbeln bringt. Ich schaue mich um und überlege, was man alles aus diesem wunderschönen Garten machen könnte, als sich die Haustüre öffnet und Mr. O'Brian mit wackeligen Beinen, aufgestützt auf seinen Gehstock heraustritt. Instinktiv mache ich mich zum Sprung bereit, um ihn stützen zu können, sollte er stürzen.

„Meine Tochter verspätet sich. Sie hat mir aufgetragen, Sie schon einmal hineinzubitten ... Ich soll nett zu Ihnen sein, hat sie gesagt." Bei den Worten beginnt er zu schmunzeln.

„Guten Morgen, Mr. O'Brian. Vielen Dank, aber ich warte auch gerne draußen, das macht mir nichts aus!"

„Nun kommen Sie schon hinein, sonst werde ich dafür verantwortlich gemacht, wenn sie an einer Lungenentzündung sterben. Ich beiße nicht!"

Ich trete durch die rote Tür und stehe in einem winzigen Eingangsbereich mit dunkelgrüner Tapete und einem Natursteinfußboden. Zu meiner Rechten führt eine verwinkelte Treppe hinauf in das obere Stockwerk. Der Eingangsbereich ist gerade groß genug für eine Garderobe, ein Bänkchen mit Schuhschrank und zwei weitere Türen. Vermutlich führt die eine in den Keller, und hinter der Tür gegenüber der Haustür liegt der Wohnbereich.

Es sieht ganz und gar nicht aus, als ob hier ein alter Mann wohnen würde. Überall Blumen, wohin das Auge reicht, Blumentapeten, Blumengeschirr, Krüge und Vasen mit Blumen darin und sogar einer der beiden Ohrensessel ist mit einem Blumenmuster-Stoff überzogen. Einzig der Fußboden und der zweite Sessel sind nicht über und über mit Blumen bedruckt. An den Wänden hängen unzählige Bilder von Menschen, Landschaften, Tieren, Pflanzen. Man hat das Gefühl, als würde man im Gehirn eines Künstlers stehen. Es hat keine richtige Struktur, doch es ist auf eine außergewöhnliche Art und Weise alles perfekt angeordnet. Betritt man dieses Zimmer, fühlt man sich auf der Stelle geborgen. Es hat, trotz der zusammengewürfelten Einrichtungsgegenstände, eine beruhigende Wirkung.

„Das ist das Werk meiner Frau", höre ich Mr. O'Brian hinter mir sagen und ich zucke erschrocken zusammen. Ich war so fasziniert von diesem Raum, dass ich ganz vergessen habe, dass er noch da ist.

Ich gehe ein Stück zur Seite, damit er eintreten kann.

Er lässt ehrfürchtig den Blick durch das Zimmer schweifen und ich habe das Gefühl, dass er gerne mehr erzählen möchte.

„War Ihre Frau Fotografin?" Mrs. Reagan hatte mir erzählt, dass ihre Mutter vor zwei Jahren einen Hirnschlag erlitten hatte und an den Folgen verstorben war.

„Sie war Kinderkrankenschwester, fotografiert hat sie nur zum Spaß! Ein paar der Kinder auf den Fotos waren ihre Schützlinge. Manche haben ihr bis zuletzt Briefe geschrieben, andere haben den Kampf leider verloren. Sie hat ihren Beruf geliebt, auch wenn es oft schwer für sie war. Sie war gerne für die Kinder da, hat ihnen Mut und Hoffnung gegeben und ist mit den Kleinen manchen schweren Weg gegangen. Und zu Hause war sie dann genauso für unsere Tochter da."

„Dieser Raum ist wunderschön, man fühlt sich sofort geborgen, wenn man ihn betritt." Ich denke, Mr. O'Brian weiß ganz genau um die Wirkung des Wohnzimmers, aber vielleicht freut er sich umso mehr, wenn das andere Leute genauso sehen wie er.

„Vielen Dank, das hat meine Frau damit bezwecken wollen, dass sich jeder hier wohl fühlt."

Mr. O'Brian schaut mich mit weichem Blick an und von dem griesgrämigen Mann bei unserem ersten Zusammentreffen ist nichts mehr zu sehen. Mir wird wieder einmal bewusst, dass, selbst wenn sie von einer fremden Person kommen, die winzigsten und unscheinbarsten Komplimente oft die größte Freude bereiten können.

Wir sitzen in der Küche, wo Mr. O'Brian mir bereits eine Einführung darüber gegeben hat, wie man anständigen Tee macht, wir junges Gemüse heutzutage hätten ja keine Ahnung mehr davon, wie man das richtig macht und wüssten es auch überhaupt nicht mehr zu schätzen, als Mrs. Reagan zur Tür hineinkommt. Sie nickt mir freundlich zu und sieht schmunzelnd zu ihrem Vater: „Na Daddy, habt ihr euch schon angefreundet?"

„Ich denke, ich werde es mit der jungen Dame aushalten!"

Auch ich bin mittlerweile optimistisch, dass wir uns gut verstehen werden, und freue mich auf die kommende Zeit.

Mrs. Reagan zeigt mir das Zimmer, in dem ich wohnen soll, gibt mir genaue Anweisungen, welche Tabletten ihr Vater wann nehmen muss, welche Lebensmittel erlaubt und welche absolut tabu sind. Sie verspricht mir, dass wir den ersten Wocheneinkauf zusammen erledigen, damit ich weiß, was ich besorgen muss und in welchen Geschäften ich alles bekomme. Ich solle mich ansonsten lediglich um die Wäsche kümmern und für Grundordnung sorgen, da einmal wöchentlich eine Putzfrau kommt und den Rest erledigt.

Sie führt mich in den Garten und erklärt mir wie ich die Hühner, von denen mir beim letzten Mal nicht klar war, dass es sie gibt, zu versorgen habe, und geht mit mir zu der kleinen windschiefen Garage, in der ein alter roter Ford Fiesta steht, der seine besten Tage wahrscheinlich schon seit zehn Jahren hinter sich hat, aber die Hauptsache ist, dass er fährt.

Bevor Mrs. Reagan sich wieder auf den Nachhauseweg macht, bedankt sie sich noch einmal überschwänglich dafür, dass ich dem Ganzen zugestimmt habe, und drückt mich fest an sich, als würden wir uns schon ewig kennen.

Ich winke ihrem Auto hinterher und gehe wieder zurück ins Haus, als es um die nächste Kurve biegt.

Mr. O'Brian hat sich in seinen Ohrensessel zurückgezogen und liest ein Buch. Ich vermute, er will mir ein wenig Freiraum lassen, damit ich mich in Ruhe einrichten kann.

Ich gehe die Steintreppe hinauf und frage mich, wie anstrengend es wohl für den alten Mann sein muss, jeden Morgen und jeden Abend hier mit seinem Gehstock rauf und runter zu steigen. Gegenüber dem oberen Treppenabsatz liegt das Schlafzimmer von Mr. O'Brian, das Zimmer rechts neben der Treppe ist meins und links befindet sich noch ein kleines Badezimmer.

Mein Zimmer ist zwar nicht sonderlich groß, aber daraus lässt sich sicherlich etwas Schönes zaubern. Ich brauche ohnehin nicht viel Platz und die Garderobe, die ich dabeihabe, passt locker in den riesigen Kleiderschrank aus dunklem Holz, der sich wieder einmal perfekt in die übrige Einrichtung und den Raum einfügt.

Nachdem ich meine Sachen verstaut und das Bett frisch bezogen habe, beschließe ich, einen kleinen Spaziergang zu machen und mir die Gegend ein wenig anzuschauen. Es regnet mittlerweile wieder stärker, aber das macht mir nichts aus. Ich bin schon immer gern dick eingepackt durch den Regen spaziert und wie ein kleines Kind von Pfütze zu Pfütze gehüpft, je tiefer und größer, desto besser. Ich ziehe meine gelbe Regenjacke und meine rot leuchtenden Gummistiefel an und mache mich auf den Weg nach draußen, als mir vor der Tür klar wird, dass ich Mr. O'Brian vielleicht besser Bescheid sage, wo ich hingehe. Nicht bloß, weil ich mich nun ein Stück weit für ihn verantwortlich fühle, sondern vorrangig, weil mein Orientierungssinn nicht der beste ist und es vielleicht gut wäre, wenn jemand weiß, in welche Richtung er den Suchtrupp schicken muss, falls ich nicht mehr wieder komme.

Ich gehe an der Straße entlang in Richtung des nächsten Dörfchens. Mit jedem Schritt, den ich vorwärtskomme, macht sich mehr Begeisterung über diese wunderschöne, weite, grüne Landschaft breit.

Trotz oder vielleicht sogar gerade wegen des Regens herrscht eine ganz besondere Stimmung.

Die weiten Wiesen wirken wie verzaubert und die wenigen Bäume sehen aus, als wären sie mit Fadenvorhängen bespannt. Meiner Ansicht nach gibt es Plätze auf der Welt, an denen es nicht schlimm ist, wenn es regnet. Entweder weil man sowieso damit rechnet und sich dementsprechend mental darauf vorbereitet hat, oder weil diese Orte sowohl bei strahlendem Sonnenschein als auch bei strömendem Regen nichts von ihrem Zauber verlieren. Ich denke, bei Irland steht Zweiteres im Vordergrund. Im Land der Leprechauns und Feen kann das Wetter einfach niemals wirklich schlecht sein.

Seit unserem ersten Urlaub hier wollte ich schon gerne in Irland leben, und damals war ich erst vier! Jahr für Jahr wurde die Sehnsucht größer und jedes Mal, wenn wir nach Hause flogen, war ich den Tränen nahe. Ich hatte meine Eltern mehrfach angefleht, sich doch Jobs in Irland zu suchen, damit wir endlich dortbleiben könnten! Nichts hatte geholfen, kein Betteln, kein Flehen, nicht einmal der Weihnachtsmann, das Christkind oder der Osterhase konnten meinen Traum verwirklichen. Einmal hatte ich sogar extra massenweise Jobs in Irland aus einem Internetportal ausgedruckt und die meinen Eltern vor die Nase gelegt ... was nach hinten losging, da ich als Kind keine Ahnung hatte, was meine Eltern überhaupt arbeiteten und bei den Jobvorschlägen nicht ein passender Job dabei gewesen war. So habe ich mir dann geschworen, irgendwann, wenn ich selbst groß wäre, alleine in dieses wunderschöne Land auszuwandern.

Als mir das alles in diesem Moment bewusst wird, ist da wieder dieser Stolz auf mich selbst und trotz der gefühlten Minusgrade und dem peitschenden Regen, der von Minute zu Minute immer schlimmer wird, habe ich plötzlich ein wohlig warmes Gefühl im ganzen Körper.

Auf dem Rückweg zu dem malerischen alten Häuschen lässt der Regen etwas nach und ich bin bei der Ankunft in meinem neuen Zuhause nicht mehr völlig durchnässt. Mittlerweile ist es bereits fünf Uhr, ich bereite noch ein kleines Abendessen für Mr. O'Brian und mich zu und als es dunkel wird, sitzen wir beide im Wohnzimmer und lesen. So sitze ich da, eingekuschelt in eine alte Wolldecke vor dem Kamin auf dem Boden, die Nase in meinem Lieblingsroman, und fühle mich pudelwohl und endlich richtig angekommen.

KAPITEL 6

Die erste Woche ist ohne Probleme vergangen. An den Abenden, an denen ich in der Bar arbeite, bereite ich Mr. O'Brian sein Abendessen zusammen mit den passenden Tabletten vor und erinnere ihn noch einmal daran, bevor ich mich auf den Weg in die Stadt mache. In der übrigen Zeit räume ich auf, koche, lese oder unterhalte mich draußen mit den Hühnern, da mein Mitbewohner nicht der gesprächigste ist.

Hier habe ich sehr viel Zeit, um über mich, mein Leben und meine Träume nachzudenken. Ich habe mir mit dem Umzug hierher einen Neuanfang ermöglicht und möchte auch etwas daraus machen.

Ich mag meinen Job im Pub, aber das ist nicht das, was ich für immer machen möchte. Um ehrlich zu sein, war ich mir nie wirklich sicher, welcher Job für mich der richtige ist. Aber im Gegensatz zu meinem Leben in Deutschland habe ich mein Leben hier deutlich entschleunigt und zum ersten Mal auch Zeit, darüber nachzudenken, was ich wirklich will. Mir ist klar geworden, dass ich es mag, etwas freier und unbestimmter zu sein, nicht bloß auf einen Arbeitgeber angewiesen. Auf meiner Arbeit in Frankfurt war es an der Tagesordnung, sich zu ducken und Männchen zu machen, was, wenn wir alle einmal genauer hinschauen, in vielen Firmen der Fall ist. Viele Chefs sind eigentlich nicht als solche qualifiziert. So kommt es, dass Angestellte im schlimmsten Fall, wenn sie wirklich auf einen Job angewiesen sind und nicht das Privileg haben zu sagen: „Behandle mich anständig oder ich bin weg", ein Leben lang mit Bauchschmerzen zur Arbeit gehen müssen.

Heute ist Freitag und ich habe mich nach meiner nachmittäglichen Schicht im Pub mit Deirdre verabredet. Nach den letzten

Tagen alleine mit Mr. O'Brian brauche ich ein wenig Abwechslung und ordentliche Frauengespräche.

Nach einer Tour durch gefühlt alle Bars im Viertel und viel zu vielen Freidrinks landen wir trotz unseres Vorsatzes, es nicht zu tun, doch wieder im „The Bachelors Inn", wo heute der Chef persönlich mit seiner Band auftritt. Ich bin froh, die Schicht davor bekommen zu haben, denn die vier wirklich sehr gut aussehenden, großen Iren haben einen ganzen Haufen Groupies und Folk-Fans in den Laden gelockt.

Die Band besteht aus dem Besitzer des Pubs, Mr. Stuart, Leadgitarre und Gesang, Kian, Bass und Gesang, Declan, Schlagzeug und Tom, zweite Gitarre. Sie covern einige der beliebtesten irischen Songs und verleihen ihnen ihren eigenen Charme, aber auch eigene Songs sind bereits in ihrem Repertoire. Deirdre hatte mir erzählt, dass ihr Bruder in der Band spielt und dass er eigene Songs schreibt, ich konnte mir aber nicht vorstellen, wie gut die Jungs sind, und vor allem, was für eine tolle Stimme Kian hat. Da es immer voller wird, beschließen Deirdre und ich, unsere Kollegen zu unterstützen, und stehen blitzschnell hinter der Bar, um Bestellungen entgegenzunehmen und Getränke zu verteilen. Ab und an habe ich einen kurzen Moment Zeit, um zur Band herüberzuschauen, und kann in den Augen von jedem Einzelnen die absolute Begeisterung für ihre Musik erkennen. Ich mag es, Menschen zu beobachten, wenn sie ganz in ihrem Element sind. Es hat beinahe etwas Hypnotisierendes.

Mein Blick fällt auf Kian, der in diesem Moment zu mir herüberschaut. Ich nicke ihm anerkennend zu, gebe ihm einen Daumen hoch und bekomme ein breites Grinsen über das ganze wunderschöne Gesicht und riesige, ebenso wunderschöne, strahlende Augen zurück. Moment, Marie, reiß dich zusammen und konzentrier dich! Es gibt momentan wesentlich wichtigere Dinge als hübsche Männer!

Kopfschüttelnd drehe ich mich zur anderen Seite, um meine Gedanken zu zerstreuen, und gehe weiter meiner Arbeit nach.

Als Deirdre und ich um vier Uhr beschließen, Feierabend zu machen und es uns noch ein wenig in ihrer Wohnung gemütlich zu machen, ist der Pub noch immer voll mit gut gelaunten Menschen. Ich vermute, heute ist unser Umsatz durch die Decke geschossen.

Unser Plan, den Rest der Nacht nun auch durchzumachen und uns den Sonnenaufgang vom Dach aus anzusehen, endet schließlich laut schnarchend auf dem Sofa im Wohnzimmer, wo ich gegen acht Uhr wach werde, als sich die Eingangstür öffnet.

Wow, die Jungs scheinen einen richtig guten Lauf gehabt zu haben.

Als Kian sieht, dass ich wach bin, winkt er mir zu und verschwindet in der Küchenzeile, um sich einen Kaffee zu machen. Verschlafen stehe ich auf, um ihm Gesellschaft zu leisten und vor allem, um auch eine Tasse zu bekommen. Denn in ein paar Stunden will ich gerne vollständig wach und wieder zu Hause sein, um nach Mr. O'Brian zu sehen.

Keine Ahnung, wie er das hinbekommen hat, aber der Mann in der Küche sieht absolut nicht aus, als hätte er sich die Nacht um die Ohren geschlagen, absolut makellos steht er vor mir. Das Einzige, was verrät, dass er sich in einer Bar aufgehalten hat, ist der Rauchgeruch, der an seinen Kleidern haftet. Na toll, wieder dieses Kribbeln in der Magengegend, wie gestern Abend, und ich stehe vor ihm und sehe aus wie der letzte Trottel, zerzaustes Haar, verwischtes Make-up und absolut verkatert, obwohl ich kaum Alkohol getrunken hatte. Er mustert mich und fängt an zu grinsen.

„Katerfrühstück gefällig?"

„Kannst du Gedanken lesen oder sehe ich so fürchterlich aus, wie ich mich fühle?"

„Ein schönes Gesicht kann nichts entstellen." Er zwinkert mir schelmisch zu, und wieder dieses Piksen im Bauch, so ein Mist.
„Aber ich muss zugeben, du hast schon mal wesentlich fitter ausgesehen! Wenn du möchtest, im Badezimmerschrank rechts

oben liegt eine neue Zahnbürste, ich denke, die kannst du bestimmt gebrauchen."

Auch wenn das in keinster Weise gehässig oder bösartig von ihm geklungen hat, schlage ich erschrocken die Hände vors Gesicht und bin in Windeseile im Badezimmer verschwunden ... An den tollen Mundgeruch am Morgen und vor allem nach einer durchzechten Nacht hatte ich nun wirklich nicht gedacht.

Wo ich gerade hier bin, steige ich schnell unter die Dusche und leihe mir aus Deirdres Zimmer ein paar frische Klamotten, binde mir die gewaschenen Haare zu einem Messy Bun nach oben und gehe sehr viel entspannter wieder zurück in die Küche. Dort duftet es bereits unglaublich lecker nach Pancakes und Bacon mit Baked Beans, das perfekte Katerfrühstück!

Deirdres Schnarchen tönt mittlerweile durch den ganzen Raum und Kian und ich setzen uns zusammen an den Tresen und lassen uns das Frühstück schmecken.

„Der Gig lief richtig gut, was?"

„Ob du es glaubst oder nicht, wir haben immer so viel Publikum!", sagt er selbstzufrieden und lädt sich noch eine Portion Pancakes auf den Teller.

„Um ehrlich zu sein, war ich tatsächlich überrascht, wie gut ihr seid."

Er fasst sich an die Brust und taumelt gegen die Rückenlehne, als hätte ihn gerade jemand angeschossen. „Damit triffst du mich aber sehr hart, Kleine!" Er lacht: „Was dachtest du denn, wie das bei uns abläuft? Ein Haufen Männer, die besoffen alte Hymnen grölen?"

Verschmitzt grinse ich ihn an und antworte nur: „Jawohl, genau so hatte ich mir das vorgestellt. Wenn man dich einmal kennengelernt hat, dann kann man sich das überhaupt nicht anders vorstellen." Ich strecke ihm die Zunge raus und wir prusten gemeinsam los.

Wir unterhalten uns noch lange weiter, er erzählt mir von seinem Weg und seiner Liebe zur Musik und wie die Band zusammengefunden hat. Erst als Deirdre plötzlich neben mir steht und sich einen Kaffee kocht, fällt mir auf, wie spät es bereits geworden ist. Auch Kian scheint völlig die Zeit vergessen zu haben und tippt zerknirscht auf seinem Telefon herum.

„So ein Mist, ich hätte vor einer halben Stunde losgemusst, um Lea abzuholen." In Windeseile ist er umgezogen und bereit loszufahren. Ich höre nur noch ein schnelles „Wir sehen uns!", und schon ist er verschwunden.

„Bekommt er jetzt Ärger mit Leas Mom?"

„Ich denke nicht. Er wird sich eher über die Zeit ärgern, die ihm jetzt verloren gegangen ist. Er mag es nicht, zu spät zu kommen. Sein schlechtes Gewissen über die Tatsache, dass die Kleine nicht beide Elternteile zusammen hat, ist so groß, dass er jedes Mal das Gefühl hat, sie zu verraten, wenn er mal nicht zu einer Schulaufführung kommen oder mal nicht pünktlich da sein kann."

„Das tut mir sehr leid! Wir haben uns so schön unterhalten, da war die Zeit auf einmal vorbei."

„Mach dir keine Sorgen, du kannst nichts dafür. Im Gegenteil, ich weiß nicht, wann er sich das letzte Mal mit jemand anderem so lange und so begeistert unterhalten hat. Ich glaube, es hat ihm richtig gutgetan, mal nur über sich zu sprechen, ich danke dir." Sie drückt mich fest an sich und ich bin gerührt, dass ihr dieses Gespräch, das sich so leicht angefühlt hat, scheinbar sehr bedeutend gewesen war.

Da ich noch ein paar Stunden Zeit habe, mit Mr. O'Brian habe ich verabredet, dass ich vor dem Abendessen zurück bin, machen wir es uns wieder auf der Couch gemütlich und schauen uns bis in den Nachmittag hinein Liebesfilme an. „Hauptsache Kitsch", hatte Deirdre gesagt, als ich sie am Tag vorher gefragt hatte, welche Filme ich für unseren Mädels-Abend mitbringen soll. Gegen zwei Uhr schauen Kian und Lea kurz vorbei, so lerne ich das kleine Mädchen, von dem ich schon so viel gehört habe, auch einmal kennen. Eins steht fest: Kian könnte sie nicht leugnen, denn ihrem Vater ist sie wie aus dem Gesicht geschnitten. Die Augen, die Haare, die Nase, vor allem aber ihre Mimik und die Art, wie sie uns begeistert ihre neuesten selbstgemachten Strümpfe präsentiert, ihrer Tante Deirdre ein Paar schenkt und mir hoch und heilig verspricht, mir auch welche zu stricken. Kian lehnt am Küchentresen und schaut uns drei zufrieden bei unseren „Mädels-Gesprächen" zu.

Als die beiden sich wieder auf den Weg machen, bin ich absolut verschossen in dieses süße kleine Wesen und freue mich auf unsere nächste Begegnung.

Als es vier Uhr schlägt, verabschiede ich mich von Deirdre und mache mich auf den Nachhauseweg. Es wird nun wirklich Zeit, dass ich nach Hause komme, und ich freue mich sehr darauf, den Abend zusammen mit Mr. O'Brian lesend vor dem Kamin zu verbringen und den Tag so gemütlich ausklingen zu lassen, wie er begonnen hat.

Der Abend verläuft, wie ich es mir vorgenommen habe. Nachdem wir zu Abend gegessen haben, fragt Mr. O'Brian mich, wie mein Abend war, und ich berichte ihm begeistert von dem Auftritt der Jungs und von dem Kater, den ich heute Morgen gehabt hatte. Er erzählt mir, dass er früher auch in einer Band gespielt habe. So sitzen wir da, er in seinem Sessel, ich auf den Kissen vor dem prasselnden Kaminfeuer, und genießen die Wärme und vielleicht auch ein wenig das Gefühl von Familie.

KAPITEL 7

„Ich muss schon sagen, Schwesterherz, ich hätte es dir wirklich nicht zugetraut, dass du tatsächlich so gut zurechtkommst, dort drüben."

„Na vielen Dank, ich hab dich auch lieb."
Nach Telefonaten mit meiner Schwester bin ich grundsätzlich noch zehnmal motivierter, etwas auf die Reihe zu bekommen als vorher. Sie versteht es, mich an den richtigen Stellen zu zwicken, damit ich alles aus mir heraushole. Sie meint solche Sprüche nie böse und unterstützt mich, wo sie kann, dafür bin ich ihr sehr dankbar.

Ich bin mittlerweile seit drei Monaten hier und fühle mich so wohl wie noch nie. Das Leben mit Mr. O'Brian ist sehr angenehm und wie erhofft, lässt sich alles wunderbar mit meinem Job in der Bar vereinbaren. Den Hühnern im Garten habe ich kleine Kunststücke beibringen können und habe auch die perfekte Taktik entwickelt, um alle abends in ihren Stall zu bekommen, ohne jedes Mal mindestens einem wie eine Bescheuerte hinterherjagen zu müssen.
Die Welt kann mich gerne für verrückt halten, aber ich lese den Tierchen vor. Damit hatte ich vor ein paar Wochen eigentlich nur angefangen, weil es mir zu blöd war, eine halbe Stunde lang Fangen zu spielen, aber ich sie nicht einfach sich selbst überlassen wollte. Also habe ich mich, bis die zwei Mädels, die mich wohl am wenigsten leiden können, sich dazu herabgelassen haben, ins Bettchen zu gehen, einfach hingesetzt und mir selbst laut vorgelesen. Es hat ein paar Tage gedauert, aber inzwischen kommen die beiden Hochwohlgeborenen von selbst, natürlich immer um die gleiche Uhrzeit, in den Stall, die anderen Mädels im Schlepptau und warten darauf, dass ich wieder ein

paar Seiten aus einem meiner Bücher zum Besten gebe. Als ich Mr. O'Brian erzählt habe, dass seine Hühner nun wohl Roman-Fans geworden sind, hat er mich endgültig für verrückt erklärt.

Wir sind ein richtig gutes Team geworden und wir haben in der kurzen Zeit unsere ganz besonderen kleinen Rituale entwickelt.

Während ich nach dem Abendessen das Geschirr abwasche, erzählt er mir Geschichten aus der „Guten alten Zeit", wie er es immer betitelt, oder ich erzähle ihm Geschichten, obwohl ich seine meistens als wesentlich interessanter empfinde als meine. Danach setzen wir uns meistens zusammen ins Wohnzimmer und jeder widmet sich seinem Buch.

Die meiste Zeit fühle ich mich, als würde ich in zwei Welten leben. Da ist einmal der Pub, in dem es oft hektisch zugeht, in dem trotzdem viel gelacht wird und wo ich mit meinen Freunden zusammen bin. Und dann war da das Cottage, wo es eher ruhig ist und wo ich in mir selbst ruhe.

Ich bin überzeugt davon, das Beste aus beiden Welten erwischt zu haben.

Das Einzige, was mir ab und an allerdings doch aus Deutschland fehlt, ist meine Familie. Zwar telefoniere ich regelmäßig mit meinen Eltern und meiner Schwester, aber es ist eben nicht dasselbe, als wenn sie vor mir stehen. Umso mehr freue ich mich darüber, als meine Mutter mir bei unserem letzten Telefonat erzählte, dass sie und Papa mich in zwei Wochen besuchen wollen.

Nach dieser freudigen Nachricht habe ich sofort veranlasst, dass die beiden im Clifton Court Hotel untergebracht sind, da in meinem neuen Zuhause nicht genügend Platz für Übernachtungsgäste vorhanden ist.

In den letzten Wochen war ich auf Wunsch von Lea, die offensichtlich genauso begeistert von mir ist, wie ich von ihr, sehr viel mit ihr, Deirdre und Kian unterwegs. Ich finde es toll, wie Kian und Christina, Kians Ex, das mit der Kleinen regeln. Sie darf ihren Dad immer sehen, wann sie möchte und Kian lässt alles stehen und liegen, wenn er nur bei seiner Tochter sein kann, da habe ich schon andere Kaliber kennenlernen müssen.

Die Zeit mit meinen drei liebsten neuen Freunden geht also vorbei wie im Zeitraffer und schon ist der Tag da, an dem ich meine Eltern freudestrahlend am Flughafen in Dublin in Empfang nehme. Ich habe sie wirklich sehr vermisst.

Nach einer sehr interessanten Tetris-Autobeladeaktion meines Vaters, weil meine Mutter unbedingt zwei große Koffer mitnehmen musste und mir eben lediglich ein winziges Auto zur Verfügung steht, quetschen wir uns alle in den roten Ford Fiesta und düsen los.

Den ersten Stopp machen wir beim Hotel, damit meine Eltern ihre Koffer loswerden können, dann geht es weiter zum Cottage. Ich stelle ihnen Mr. O'Brian vor und koche uns allen etwas Leckeres zu essen.

Mr. O'Brian berichtet meinen Eltern stolz, dass er das Haus selbst gebaut hat, er erzählt von seiner geliebten Frau und davon, dass er früher als Koch gearbeitet habe. Die beiden nicken ehrfürchtig vor sich hin, obwohl ich vermute, dass sie gerade die Hälfte von dem verstehen, was der alte Mann ihnen erzählt. Denn was die englische Sprache angeht, sind Mama und Papa blutige Anfänger.

Selbst für mich ist es ab und an schwierig, ihn zu verstehen, obwohl mein Englisch mittlerweile richtig gut geworden ist. Also übersetze ich jedes Mal, wenn mein Vater mir hilfesuchende Blicke zuwirft.

Als meine Eltern sich zum Gehen verabschieden, verpflichtet Mr. O'Brian die beiden, an ihrem letzten Abend wieder herzukommen und verspricht, sein bestes Irish Stew zu kochen, damit sie das „echte Irland" noch mal schmecken, bevor sie nach Hause fahren. Ich hatte nie darüber nachgedacht, dass es möglich sein könnte, dass der alte Herr kochen kann, oder geschweige denn Lust dazu hätte. Das werde ich mir für die Zukunft merken, vielleicht lerne ich hier noch einiges dazu.

Bevor wir das Haus verlassen, drehe ich mich noch mal zu Mr. O'Brian um:

„Warum haben Sie mir nie erzählt, dass Sie Koch waren?"

„Wissen Sie, Marie, nachdem ich jahrelang täglich für andere gekocht habe, dachte ich mir, nun lasse ich mich mal eine Zeit lang bekochen!" Lachend zwinkert er mir zu und lässt sich in den großen Ohrensessel plumpsen, um sich wieder seinem Buch zu widmen.

Da wir den ganzen Nachmittag und Abend mit Mr. O'Brian verbracht haben, verschieben wir die Stadtführung auf den nächsten Tag, also bringe ich meine Eltern zum Hotel und beschließe, noch in der Bar vorbeizuschauen.

Man merkt, dass es Montag ist. Der Pub ist nahezu leer, bis auf die Stammkundschaft, fünf alte Herren, die Skat spielen und ein Pärchen an der Bar, das den Abend gemütlich ausklingen lässt.

Das „The Bachelors Inn" ist mittlerweile zu meinem zweiten Zuhause geworden, ich fühle mich hier sehr wohl. Durch die dunkle Einrichtung und den persönlichen Charme wegen der vielen Bilder, die in allen Räumen verteilt sind, ist es einfach heimelig.

Heute steht Kian hinter der Bar, Josh und Karl hat er frei gegeben, weil so wenig zu tun ist.

Ich setze mich zu ihm und erzähle von meinem Tag und vom Wiedersehen mit meinen Eltern.

„Bring die beiden doch morgen nach eurer Touristentour hierher. Ein kühles Guinness und ein leckeres Essen nach einem langen Tag auf den Beinen, und vor allem zusammen mit dir, das könnte ihnen guttun." Er grinst verschmitzt und streckt mir die Zunge heraus.

Wieder dieses Leuchten in seinen wunderschönen, dunkelgrünen Augen ... Ich schüttele den Kopf, um meine Gedanken zu zerstreuen.

„Ja, das ist eine gute I... Moment mal, was soll denn das heißen ‚Vor allem zusammen mit mir'?", frage ich mit gespieltem Entsetzen.

„Na ja, du hast die zwei schon lange nicht gesehen, das bedeutet, du redest wahrscheinlich ohne Unterlass, und du redest ohnehin schon sehr viel." Er wirft den Kopf nach hinten und fängt laut an zu lachen.

Ich versuche, empört dreinzuschauen, allerdings ist das gar nicht so einfach bei diesem ansteckenden Gelächter, also gebe ich mich geschlagen und stimme mit ein ... ich plappere wirklich ziemlich gerne.

„Nein im Ernst, es wäre schön, die beiden mal kennen zu lernen. Und ich stehe morgen in der Küche, weil Tom krank ist, also wird das Essen noch besser sein als sonst." Zwinkernd reicht er mir ein Glas Gin.

„Okay, dann werden wir morgen Abend herkommen, halt uns den besten Tisch frei!"
Ich schaue auf das Glas vor mir: „Ich fürchte, wenn du so weitermachst, kann ich nicht mehr nach Hause fahren. Ich bin mir jetzt schon nicht mehr sicher, ob ich das noch kann."

„Kein Problem, du kannst gern bei uns übernachten, wenn du magst. Deirdre hat mit Sicherheit nichts dagegen."

„Das klingt gut, ich danke dir!"

„Ich mache in einer halben Stunde den Laden dicht, falls du auf mich warten möchtest."

Eigentlich habe ich von Deirdre einen Schlüssel zur Wohnung bekommen, aber um ehrlich zu sein, bin ich zu ängstlich, um den Weg mitten in der Nacht alleine zu gehen. Also warte ich auf Kian.

Ich bin ihm sehr dankbar, dass er mir den Schlafplatz angeboten hat, denn als ich in die kühle Nachtluft hinaustrete, wird mir schlagartig wieder bewusst, warum ich selten Alkohol trinke ... so hätte ich nicht mehr fahren können. Als Kian neben mir steht, schaut er mich besorgt an: „Du siehst aus, als müsstest du gleich kotzen!"

„So fühle ich mich auch!"

„Na komm, so lasse ich dich nun wirklich nicht durch die Gegend laufen, ich trage dich huckepack."

Verdutzt gucke ich ihn an: „Bist du wahnsinnig? Ich bin viel zu schwer, ich schaffe das schon!"

„Gut, wenn du nicht möchtest, dann hak dich wenigstens bei mir unter!"

Damit bin ich einverstanden, denn es fällt mir schwer, geradeaus zu gehen. Wie viel zum Geier habe ich getrunken?!

„Du bist wirklich der einzige Mensch, den ich kenne, der nach zwei Gläsern Gin benebelt ist."

Da haben wir's, zwei Gläser ... zu viel für jemanden, der sonst höchstens mal eher zwei Gläser Bier trinkt, oder den ein oder anderen, nicht allzu hochprozentigen Cocktail ... Jetzt fühle ich mich gerade wie an dem Abend meiner Ankunft hier, weniger deprimiert, dafür genauso betrunken.

Nach etwa der Hälfte der Strecke mache ich schlagartig halt und schaue zu Kian hoch – wahnsinnig wie riesig dieser Kerl ist –, und bitte ihn, mich doch zu tragen.

Er schwingt mich auf seinen Rücken, als wäre ich federleicht und schlendert weiter durch die Straßen.

Ich halte mich an ihm fest, genieße die Wärme, die von seinem Körper ausgeht, kuschele mich ganz fest an seinen Rücken, schließe die Augen und versuche mich nicht auf meine Übelkeit, sondern auf seinen unglaublich angenehmen Geruch zu konzentrieren.

„Alles ok da hinten?", fragt er besorgt.

Erschrocken schlage ich die Augen auf.

„Alles gut, ich versuche bloß, mich zu konzentrieren!"

„Süße, wenn du mir ins Genick kotzt, werde ich dich eventuell ein kleines bisschen weniger gernhaben." Er kichert, aber ich denke, ein wenig Wahrheit steckt ja bekanntlich in jedem Scherz.

Als wir in der Wohnung angekommen sind, legt er mich auf der riesigen Couch ab, deckt mich zu und stellt mir noch ein Glas Wasser hin. Als er sich zum Gehen herumdreht, höre ich mich leise „bitte geh nicht" flüstern. Er zögert einen Moment, dann kommt er zurück, setzt sich zu mir, hebt meinen Kopf behutsam auf seine Beine und streichelt mir übers Haar.

Kurz bevor ich endgültig einschlafe, fällt mir sein Spruch von vorhin ein ...
„Du magst mich also?" Ein Grinsen huscht mir bei dem Gedanken übers Gesicht.

Er beugt sich zu mir und flüstert mir ins Ohr: „Wer könnte dich nicht mögen?"
Ich spüre noch, wie seine Lippen sanft meine Wange berühren und dann bin ich endgültig weg.

KAPITEL 8

Als ich am nächsten Morgen wach werde, sitzt bereits Deirdre mit einem Glas sprudelnder Flüssigkeit darin vor mir und schaut mich fragend an.

Ich denke an die vergangene Nacht, setze mich auf und nehme ihr dankend das Aspirin aus der Hand.

Ich schaue mich nach Kian um.

„Suchst du etwas?"

„Wo ist dein Bruder?"

„Ich war gestern Abend noch im Pub und habe zu viel getrunken, als dass ich noch hätte fahren können, da hat Kian gesagt, ich kann gerne mit zu euch kommen. Mehr steckt nicht dahinter!"

Ich hoffe, sie merkt nicht, wie unwohl ich mich gerade fühle, denn geträumt oder real, irgendwas war da zwischen mir und Kian. Und die Tatsache, dass er sich am frühen Morgen aus dem Staub gemacht hat, ist meiner Ansicht nach eher ein Zeichen dafür, dass ihm das heute Nacht unangenehm war und er mir die Peinlichkeit dieser Gewissheit ersparen wollte, wofür ich ihm im Moment auch sehr dankbar bin.

„Dann bin ich froh, dass es dir gut geht! Möchtest du mit mir frühstücken? Ich habe Brötchen gekauft und leckere selbstgemachte Marmelade von meiner Mutter ist auch noch da, oder ich haue uns ein paar Eier in die Pfanne. Was meinst du?"

Ich schaue auf die Uhr, ein wenig Zeit bleibt mir noch, bevor ich mich mit meinen Eltern vorm Hotel treffe.

„Leihst du mir was zum Anziehen und kann ich mich hier frisch machen?"

„Klar, du hüpfst unter die Dusche und ich bereite dir in dieser Zeit ein ordentliches Frühstück zu! Nimm dir aus meinem Kleiderschrank, was du brauchst!"

Mit dröhnendem Kopf erhebe ich mich vom Sofa und schlurfe erst in Deirdres Zimmer und dann weiter ins Bad. Nach einer heißen Dusche, geputzten Zähnen und in frischen Klamotten fühle ich mich endlich wieder wie ein Mensch und der restliche Kopfschmerz erledigt sich nach dem gehaltvollen Fünf-Sterne-Frühstück, das Deirdre in der letzten halben Stunde gezaubert hat.

Als ich mich gerade auf den Weg zum Hotel machen will, öffnet sich die Wohnungstür und er steht vor mir, nach Luft ringend, nass geschwitzt, trotzdem unglaublich attraktiv und wunderschön ... kann diesen Mann denn nichts entstellen?! Wenn ich vom Joggen komme, sehe ich aus, als käme ich nicht von dieser Welt! Und schon wieder stehe ich da mit offenem Mund und starre ihn mit weichen Knien an. Ob sich das wohl jemals ändern wird?!

Ich gebe vor Schreck einen schrillen Quietschton von mir und auch er macht einen Satz nach hinten. Fast hätte er mich umgerannt.

Er schaut mich kurz mit großen Augen an, dann auf den Boden und fängt an zu sprechen: „Guten Morgen, na, wie geht's dir, hast du die Nacht gut überstanden?"

Auch ich schaffe es nicht, ihn anzusehen. „Ja, alles gut soweit. Deine Schwester hat mir Frühstück gemacht, jetzt geht es mir schon besser! Danke noch mal, dass du mich hergebracht hast!"

„Kein Thema, für die beste Freundin meiner kleinen Schwester mache ich sowas doch gerne!"

Das bin ich also für ihn, „nur" die beste Freundin seiner kleinen Schwester. Gut, dass das geklärt ist. Ich funkle ihn kurz an, quetsche mich an ihm vorbei und rufe Deirdre nur einen schnellen Abschiedsgruß zu. Er hält mich beim Vorbeigehen am Handgelenk fest und schaut mir direkt in die Augen. Jetzt kann ich es mir nicht verkneifen: „Bilde ich es mir nur ein?"

„Nein!"

Mein Herz will einen Hüpfer machen, aber irgendwas in seinem Blick hält mich davon ab, jetzt einen Freudentanz aufzuführen.

Als er meinen Arm loslässt, gehe ich wieder einen Schritt auf ihn zu, stelle mich auf die Zehenspitzen, ziehe ihn zu mir herunter und gebe ihm einen Kuss auf die Wange, so wie er es in der letzten Nacht getan hatte. Ich flüstere ihm leise in sein Ohr: „Jetzt sind wir quitt!", dann drehe ich mich um und verschwinde im Treppenhaus.

Als ich unten ins Freie trete, muss ich erst tief Luft holen. Was ist da gerade passiert?! Dass er ein attraktiver Mann ist, war von Anfang an klar. Während der letzten Monate waren wir uns schon sehr viel nähergekommen als in dem Moment in dieser Nacht, aber niemals habe ich mich so gefühlt wie jetzt. Und schon gar nicht hätte ich mir jemals träumen lassen, dass ein Mann wie Kian jemals ein Mädchen wie mich toll finden könnte. Na ja, offensichtlich tut er das ja doch nicht so wirklich, zumindest kann ich mir seine Reaktion vorhin nicht anders erklären.

Der Tag mit meinen Eltern vergeht wie im Fluge und endet vorerst im obersten Stockwerk des Guinness-Museums. Als ich gerade einmal mehr die Aussicht genieße, vibriert mein Telefon, eine Nachricht von Kian: „Hab euch den besten Tisch reserviert. Heute ist hier viel los, bis später! K."

Toll, wir tun also, als wäre nichts passiert, prima! Was habe ich auch erwartet?

Ich bringe meine Eltern zurück zum Hotel und bin froh, dass ich noch ein wenig Zeit habe, zu Hause vorbeizufahren, bevor wir in den Pub gehen.

„Ich hole euch in zwei Stunden wieder ab und dann gehen wir essen, ja?" Nach diesem Tag muss ich mich erst mal frisch machen und sehen, ob bei Mr. O'Brian alles in Ordnung ist.

„Oh wie schön lernen wir dann endlich mal deine Freunde kennen, das ist sehr schön. Dann hab ich das nächste Mal, wenn wir telefonieren, auch die Gesichter vor mir, wenn du von ihnen erzählst!", sagt meine Mutter begeistert. Sie kann es offensichtlich kaum noch erwarten, neuen Menschen peinliche Geschichten aus meiner Kindheit zu erzählen.

„Ja, die werden auch da sein und sie sind genauso gespannt, euch kennen zu lernen. Ich denke, ihr könnt euch auf einen langen Abend einstellen." Der Gedanke daran, Kian zu sehen, versetzt mir ein Gefühl, das einem Schlag in die Magengrube gleichkommt, aber da muss ich durch.

Ich verabschiede mich von meinen Eltern und düse zum Cottage.

Mr. O'Brian geht es gut, er hat seine Tabletten genommen und fand es nach seiner Aussage „Gar nicht schlimm, sein Haus mal für sich alleine zu haben".

Nachdem ich mich mit einer schnellen Katzenwäsche begnügt habe, stehe ich nun vor meinem Kleiderschrank und überlege, was ich am besten anziehe. Als ich über den Tag nachdenke und über Kian, zieht es plötzlich wieder unangenehm in meinem Bauch. Mittlerweile fühle ich mich auch nicht mehr sonderlich wohl. Was so ein bisschen psychischer Stress anrichten kann. Ich raffe mich auf, greife einfach mit geschlossenen Augen in den Schrank und ziehe an, was ich in der Hand habe: meine hellblaue, gerade geschnittene Hochwasserjeans und ein knappes, dunkelgrünes Shirt, dazu meine schwarzen Stiefel, mein langer, schwarzer Cardigan und meine Lieblingstasche, ein selbstgemachtes Stück einer meiner besten Freundinnen in Deutschland. Und schon bin ich wieder auf dem Weg in die Stadt.

Als ich meine Eltern beim Hotel abhole, fragt mich meine Mutter, ob alles in Ordnung wäre. Ich sähe so blass um die Nase aus. Inzwischen ist mir tatsächlich fürchterlich übel. Ob das noch an dem Kater von heute Morgen liegt, ich bin mir nicht sicher. Vielleicht wird's ja besser, wenn ich etwas gegessen habe. Vom Alkohol lasse ich auf jeden Fall heute die Finger.

Im Pub angekommen, bin ich überrascht, wie viel Betrieb hier ist, vor allem für einen Dienstagabend. Vermutlich mal wieder Fußballfans, im Radio habe ich von dem Spiel gehört.

Wir setzen uns an den besten Tisch, direkt vorne an den großen Fenstern, die ein Stück zum Gehweg herausragen. Hier hat man den besten Blick über die ganze Bar. Deirdre kommt in schnellem Schritt auf uns zu und nimmt meine Eltern in den Arm, als würde sie die beiden schon ewig kennen.

„Ich freue mich sehr, Sie endlich kennenzulernen, mein Name ist Deirdre!" Sie strahlt über das ganze Gesicht, und genau wie bei mir vor ein paar Monaten weiß ich jetzt schon, dass meine Eltern sie sofort gernhaben.

„Kian hat die besten Irish Black Angus Steaks besorgt, weil Marie erzählt hat, dass sie beide gern Steak essen. Dazu gibt es selbstgemachte Chips und einen tollen Salat."

„Das klingt großartig, vielen Dank!" Mit einem guten Stück Fleisch kann man meinen Vater immer begeistern.

Deirdre dreht sich zu mir um und schaut mich prüfend an: „Du siehst fürchterlich aus, ist alles in Ordnung?"

„Ich fürchte, dein Katerfrühstück hat das Kätzchen nicht vollständig vertrieben. Vielleicht wird es besser, wenn ich etwas gegessen habe."

„Ok, aber sollte es nicht besser werden, gehst du morgen besser gleich zum Arzt!"

„Ja, Mom, das werde ich tun!" Ich strecke ihr die Zunge raus und sie wirft mir einen Kuss zu.

Der Rest des Abends verläuft gut. Meine Eltern sind, wie vorausgesagt, begeistert von meiner Freundin und ich glaube, das beruht auf Gegenseitigkeit. Auch Kian kommt zwischendurch kurz aus der Küche, um sich vorzustellen, vermeidet jeden Blickkontakt mit mir und verschwindet unter dem erstbesten Vorwand wieder in der Küche. Das Essen schmeckt köstlich, ich habe bei Kians Kochkünsten nichts anderes erwartet. Auch der Nachtisch, Deirdres berühmtes Schokosoufflé, ist ein Gedicht. Meine Mutter und mein Vater genießen den Abend sichtlich und sind erleichtert, dass ich hier Menschen gefunden habe, auf die ich mich verlassen kann.

Als wir uns auf den Weg zum Hotel machen, ist es bereits ein Uhr nachts. Deirdre hat mich dazu überredet, wieder bei ihr zu übernachten. Dieses Mal in ihrem Bett, damit sie mich morgen früh gleich zum Arzt fahren kann, da meine Bauchschmerzen sich nicht wirklich verbessert haben.

Deirdres Bett ist sehr viel bequemer als das Sofa. Trotzdem fällt es mir schwer, einzuschlafen, deshalb gehe ich leise, darauf bedacht Deirdre nicht zu wecken, in die Küche und mache mir ein wenig heiße Milch mit Honig, das Allheilmittel gegen Schlaflosigkeit. Als die Wohnungstür sich öffnet, erstarre ich zur Salzsäule. Muss er denn gerade jetzt nach Hause kommen? So ein Mist! In dem Moment, als er mich sieht, mache ich mich schnurstracks wieder auf den Weg zum Schlafzimmer, als ich plötzlich ein unglaublich schmerzhaftes Stechen in meiner rechten Seite spüre und meine Beine unter mir nachgeben. Ich höre, wie Kian meinen Namen ruft und merke, wie mein Kopf in seiner Hand landet. Dann wird es schwarz.

KAPITEL 9

Als ich die Augen wieder aufschlage, bin ich absolut orientierungslos und fühle mich, als hätte ich mir ordentlich die Kante gegeben. Ich liege auf einer unbequemen Matratze in einem unangenehm hellen Raum. Alle Wände sind weiß und als ich nach rechts schaue, entdecke ich ein weiteres Bett mit einer sehr verwirrt dreinschauenden Person darin. Als ich husten muss, spüre ich einen seltsamen Schmerz an der rechten Seite. Ich versuche, mich aufzusetzen, verwerfe diese Idee allerdings sofort wieder, als mir mein Kreislauf einen Strich durch die Rechnung macht und lasse mich zurück in die Kissen fallen. Diese wenigen mehr oder weniger wachen Minuten waren so anstrengend, dass ich gleich wieder in einen unendlich tiefen, traumlosen Schlaf falle.

„Denkst du, sie ist wach? Meinst du, sie hört uns?" Die Stimme meiner Mutter klingt besorgt.

„Keine Ahnung, ich kann ja nicht in ihren Kopf schauen! Geh dir doch noch einen Kaffee holen, dann kannst du dir noch ein wenig die Beine vertreten!" Mein Papa, wie immer die Ruhe in Person.

„Aber was, wenn sie wach wird?"

„Dann bin ich ja da, mach dir keine Gedanken! Nun geh schon!"

In dem Moment, als ich das Klicken der Tür höre, schlage ich langsam die Augen auf. Auch in diesem Raum ist jede Wand weiß, nur ist das Licht hier nicht ganz so unangenehm.

Wie um alles in der Welt habe ich es geschafft, im Krankenhaus zu landen?! Wieder ein Huster und wieder dieser seltsame Schmerz.

„Du hast uns einen ganz schönen Schrecken eingejagt, junges Fräulein." Tadelnd, aber mit weichem Blick sieht er mich an.

„Tja, ich bin eben immer für eine Überraschung gut!" Ich versuche zu lachen, was unter den Schmerzen nicht ganz so einfach ist. „Was ist eigentlich passiert?" Mittlerweile bin ich mir sicher, dass ich operiert worden bin, mir ist nur nicht ganz klar warum.

„Du hattest eine Blinddarmentzündung, daher kamen gestern Abend wohl auch deine Schmerzen. Sie mussten dich sofort operieren, sonst wäre er womöglich durchgebrochen.

Kian hat uns im Hotel abgeholt und hergebracht, Deirdre durfte dich gleich im Krankenwagen begleiten, sie meinten, falls du unterwegs wach wirst, wäre es beruhigend für dich, wenn jemand da ist, den du kennst."

Ach herrje, stimmt, ich war ja bei Deirdre, zu meinem Glück. Ich weiß nicht, ob Mr. O'Brian es mitbekommen hätte, wenn ich zu Hause das Bewusstsein verloren hätte.

„Ich kann mich noch daran erinnern, dass ich mir eine warme Milch mit Honig zum Einschlafen gemacht habe, ab da ist alles weg."

„Gott sei Dank ist alles gut gegangen! Deine Mutter war völlig außer sich vor Sorge. Apropos, ich denke, sie wird gleich wieder da sein, fühlst du dich gewappnet, einen Schwall an mütterlicher Besorgnis und Fürsorge über dich ergehen zu lassen, oder soll ich sie noch ein wenig hinhalten?"

Wir kichern beide leise los, und ich bereue es sofort ... Frisch operiert lassen sich die Bauchmuskeln nicht sonderlich gut anspannen.

In dem Moment, in dem mir die Tränen in die Augen schießen, kommt meine Mutter zur Tür herein.

„Um Himmels willen, hast du so große Schmerzen? Ich werde eine Schwester rufen, damit du ein Schmerzmittel bekommst. Mein armer Schatz, du musst dich fürchterlich fühlen."

„Nein, du musst niemanden rufen, es geht mir gut. Abgesehen von dem nicht mehr vorhandenen Blinddarm fühle ich mich super und so lange ich nicht huste oder lache oder aufstehen will, geht es mir blendend!" In dem Moment fällt mir etwas Wichtiges ein: „Ach du Schreck, Mr. O'Brian … Jemand muss ihm Bescheid sagen, er wird sich Sorgen machen!"

„Kian ist zu ihm gefahren und wird sich um ihn kümmern. Er hat auch seiner Tochter Bescheid gesagt. Sie wird eine Vertretung für die nächsten Wochen für dich organisieren. Deirdre und Kian haben darauf bestanden, dass du bei ihnen bleibst, bis du wieder fit bist. Dieser Kian ist schon ein sehr netter junger Mann!" Sie zwinkert mir zu und ich sehe, wie mein Vater mit den Augen rollt.

Ich bin von der Idee nicht ganz so begeistert wie meine Mutter, allerdings bleibt mir nichts anderes übrig. Denn ich fürchte, die nächsten Tage werde ich auf Hilfe angewiesen sein. Bei dem Gedanken daran dreht sich mir der Magen um, oder es sind die Nachwirkungen der Narkose. Auf jeden Fall geht es mir wieder schlechter und ich beschließe, meine Eltern vorerst wegzuschicken, damit ich mich ausruhen kann. Ich bin mir zwar sicher, dass sie in ein paar Stunden bereits wieder hier sitzen werden, aber so können sich die beiden wenigstens auch ein wenig ablenken.

Als meine Eltern die Tür hinter sich zu ziehen, dauert es nicht lange und schon bin ich wieder in tiefem Schlaf versunken, und dieses Mal träume ich: von einem Tag am Meer, von der warmen Sonne, die auf mein Gesicht scheint, vom heißen Sand unter meinen Füßen und dem Wind in meinen Haaren und dem Salz auf meinen Lippen.

KAPITEL 10

Die letzten beiden Tage sind recht ereignislos verlaufen. So ein Krankenhausaufenthalt ist unglaublich langweilig und ich bin froh, dass ich viel Besuch bekomme. Meine Eltern haben sich dazu überreden lassen, sich doch noch ein wenig von der Insel anzusehen und nicht den ganzen Tag bei mir im Krankenhaus zu verbringen. Dafür musste ich versprechen, sofort anzurufen, wenn ich etwas brauche.

Heute darf ich auch endlich hier raus! Deirdre steht bereits bepackt mit meinen Sachen in der Tür und tippelt. Sie findet Krankenhäuser fürchterlich bedrückend, aber wer findet das nicht? Sie freut sich sehr darauf, mich die nächste Woche über umsorgen zu können und mir läuft immer noch ein Schauer über den Rücken, wenn ich daran denke, jeden Tag in Kians Nähe zu sein. Wenn es um irgendeinen Kerl gehen würde, hätte ich das alles vermutlich haarklein mit Deirdre analysiert. Allerdings kann ich das in dieser Situation nicht tun, es geht schließlich um ihren Bruder. Na ja, jetzt geht es erst mal zur Wohnung und dann sehen wir weiter.

Nachdem ich mich die Treppen zum obersten Stockwerk hochgequält habe, weniger wegen der Schmerzen als eher wegen fehlender Kondition, will ich mich einfach nur noch auf das Riesensofa fallen lassen und den Rest des Tages schlafen. Als ich mich auf den Weg ins Wohnzimmer mache, hechtet Deirdre an mir vorbei und öffnet Kians Schlafzimmertür.

„Du schläfst hier. Kian meinte, du bräuchtest ein richtiges Bett, keine Couch. Er hat dir seins abgetreten, bis es dir besser geht."

„Ich kann doch nicht zulassen, dass er in seiner eigenen Wohnung auf der Couch schläft!"

„Tut er auch nicht. Hat er es dir nicht erzählt? Kian vertritt dich bei Mr. O'Brian. Ihr macht quasi Bettentausch." Sie kichert. Der Gedanke scheint sie zu amüsieren.

„Ich habe seit Montag nicht mehr mit ihm gesprochen." Fürchterlich, wie traurig ich mich bei diesen Worten anhöre.

„Na ja, jetzt weißt du es, und wir beide können nun über mehrere Tage hinweg eine Mädels-Pyjamaparty veranstalten, ist das nicht super?!"

Na super, nach einer Woche mit Kians Kochkünsten wird Mr. O'Brian mein Essen nicht mehr mögen!

„Das mit der Endlos-Pyjamaparty klingt toll!" Ich kann mir nur ein halbherziges Lächeln abringen und schiebe meine fehlende Begeisterung auf die Schmerzen.

„Mach es dir gemütlich und ich werde dir erst einmal eine große Kanne Tee kochen. Tee ist immer gut, wenn man krank ist. Das wärmt den Körper und die Seele." Sie drückt mir einen Kuss auf die Stirn und verschwindet mit tanzenden Schritten in die Küche.

Leise und auf Zehenspitzen betrete ich ehrfürchtig Kians Schlafzimmer. Ich habe zwar keine Ahnung warum, aber ich habe das Gefühl, hier leise und vorsichtig sein zu müssen. Ich bin schon oft hier drin gewesen, immer wenn Lea und ich mit ihren Puppen gespielt haben, die mich im Übrigen gerade von der Fensterbank aus anstarren, was ich zugegebener Maßen als sehr beunruhigend empfinde. Das Zimmer ist, genau wie der Rest der Wohnung, sehr modern eingerichtet. Kians Gitarren und der Bass hängen an der Wand verteilt und in einer Ecke steht ein riesiger Verstärker. Heute hat das Zimmer eine ganz andere Wirkung auf mich als vorher.

Als ich mich zum Bett drehe, entdecke ich auf dem Kopfkissen einen kleinen Zettel: „Mach es dir gemütlich und lass es dir gut gehen. Wenn du etwas brauchst, melde dich. K."

Ein Klopfen reißt mich aus meinen Gedanken, Deirdre steht mit einem Tablet in der Hand vor mir, vollgepackt mit Snacks und Getränken, und einem Grinsen über beide Ohren. Man muss sie einfach lieben.

„Deirdre? Was ist eigentlich am Dienstagabend passiert?" Ich war noch gar nicht dazu gekommen, zu fragen, wie ich ins Krankenhaus gekommen bin.

„Als Kian nach Hause gekommen ist, warst du gerade in der Küche und auf dem Weg zurück ins Zimmer hast du wohl das Bewusstsein verloren. Kian hat es gerade noch geschafft zu verhindern, dass du mit dem Kopf auf dem Boden aufschlägst, dann hat er nach mir gerufen. Als ich im Halbschlaf aus dem Zimmer getorkelt bin, lagst du in seinen Armen. Dann haben wir sofort den Krankenwagen gerufen. Ich durfte mit dir mitfahren für den Fall, dass du wach wirst, und Kian ist losgefahren und hat deine Eltern abgeholt, sie zum Krankenhaus gebracht und hat mit uns zusammen gewartet, bis die OP vorbei war und wir die Nachricht bekommen haben, dass es dir gut geht. Dann hat er sich auf den Weg zu Mr. O'Brian gemacht. Den Rest weißt du ja.

„Danke, dass ihr euch um mich gekümmert habt!"

„Danke nicht mir, ich habe so gut wie nichts gemacht, außer dir im Krankenwagen die Hand zu tätscheln und zu hoffen, dass du nicht plötzlich wach wirst und eine Panikattacke bekommst!" Sie kann sich ein Kichern nicht verkneifen.
„Im Ernst, Kian war der Held. Er hat dich keine Sekunde aus den Augen gelassen und dafür gesorgt, dass die Sanitäter dich auch ja nicht zu grob anpacken. Während du operiert wurdest, war er ein nervöses Wrack. Ich wusste ja, dass er dich gernhat, aber offensichtlich mag er dich noch mehr, als er es zugeben würde." Sie zwinkert mir zu und ich verschlucke mich an meinem Orangensaft.

„Ich lasse dich jetzt alleine. Ruh dich etwas aus und heute Abend schauen wir uns einen schönen Film an und bestellen uns etwas Leckeres zu essen."

„Einverstanden, aber ich bezahle!" Es reicht, dass ich hier wohnen darf, da will ich wenigstens etwas dazu beitragen.

„Geht klar, bis später!" Sie wirft mir einen Handkuss zu und tänzelt so leicht wie eine Feder wieder aus dem Raum.

Als ich mir ganz sicher bin, dass sie nicht zurückkommt, krame ich mein Telefon aus der Tasche und fange an eine Nachricht an Kian zu tippen: „Danke!"

Als ob er darauf gewartet hätte, kommt blitzschnell eine Antwort: „Geht es dir gut? Sind die Schmerzen auszuhalten?"

„Ich denke, ich werde es überleben. Kommst du gut zurecht mit Mr. O'Brian? Ist er nett zu dir? Er kann manchmal etwas grummelig sein, aber das ist nicht böse gemeint."

„Liam und ich kommen prima miteinander aus. Ich glaube, er kann mich recht gut leiden. Du musst mir übrigens unbedingt erklären, wie du es schaffst, abends alle Hühner in den Stall zu bekommen. Darin habe ich kläglich versagt!" Ich muss schmunzeln, dann wähle ich seine Nummer und es dauert keinen Klingelton und er geht ran.

„Hi Süße." Ein Lächeln zuckt in meinem Mundwinkel.

„Ihr duzt euch also? Ist das so ein Männer-Ding oder mache ich irgendwas falsch?"

„Ich denke, das ist ein Männer-Ding."

„Na, dann will ich dir das mal glauben! Den Hühnern lese ich übrigens vor. Das ist der ganze Zauber!"

Stille ...

„Entschuldige bitte, hast du gerade gesagt, du liest ihnen vor? Diesen kleinen Monstern? Das kann doch nicht funktionieren! Das probiere ich heute Abend aus, und wehe ich sitze am Ende nur da und bin der verwirrte Trottel der mit Hühnern redet." Ich kann mir ein Lachen nicht verkneifen. Ich bereue es sofort und stöhne vor Schmerz kurz auf.

„Ist alles in Ordnung?" Er klingt ernsthaft besorgt.

„Alles gut, nur das Lachen fällt mir schwer. Wenn sich die Bauchmuskeln anspannen, schmerzt die Narbe."

„Dann war es vielleicht doch keine so gute Idee, dich mit meiner Schwester alleine zu lassen. Wenn ihr zusammen seid, ist das Gelächter doch vorprogrammiert. Soll ich vielleicht lieber mit ihr tauschen?" Ich glaube, ein Grinsen in seiner Stimme zu hören.

„Aber wer liest dann den Hühnern vor? Du weißt, deine Schwester würde sich eher eins nach dem anderen fangen und in den Ofen stecken."

„Du hast recht, ich bleibe doch lieber hier. Den Hühnern zuliebe."

„Dann viel Spaß und ich wünsche dir viel Erfolg! Ich werde mich wieder meiner Genesung widmen und mich von deiner Schwester bedienen lassen. Pass gut auf Mr. O'Brian und die Hühner auf."

„Marie?"

„Ja?"

„Ich werde dir mein Verhalten erklären, versprochen!"

„Ok!"

Dann ist es still. Er hat aufgelegt.

KAPITEL 11

Ich liebe es, mich von Deirdre umsorgen zu lassen. Wir schauen gemeinsam fern und essen, auf was wir Lust und Laune haben. Nachdem wir uns von den dramatischen Heulfilmen zu den Actionfilmen in der wohnungseigenen DVD-Sammlung durchgekämpft haben, schaffe ich es sogar noch, Deirdre die Sissi-Trilogie nahezubringen, und was soll ich sagen ... Nicht nur die Deutschen sind begeistert von dem Film über die österreichische Kaiserin, deren Persönlichkeit in der wirklichen Welt, wie uns leider allen bewusst ist, absolut nicht der im Film dargestellten entspricht.

Im Gegensatz zu mir ist Deirdre ein echter Horrorfilm-Fan. Und aufgrund der Tatsache, dass sie sich so rührend um mich kümmert und ihre ganze Freizeit damit verbringt, sich mit mir Filme anzusehen, erkläre ich mich dazu bereit, einen mit ihr anzusehen. Zu meinem Entsetzen entscheidet sie sich für „Die Frau in Schwarz", einer dieser Filme, bei denen man nicht sonderlich viele schlimme Szenen zu sehen bekommt, die Geräusche allerdings für sich selbst sprechen und den Rest der Fantasie überlassen. Lange Rede kurzer Sinn: Ich schlafe in der folgenden Nacht fürchterlich schlecht und nachdem ich das zweite Mal schreiend hochschrecke, weil Sissi und Daniel Radcliff gerade vor der Frau in Schwarz wegrennen, bleibe ich einfach wach. Ich stehe schlaftrunken vor Kians Bücherregal und bin überfordert.

„An deiner Stelle würde ich das Siebte in der dritten Reihe nehmen!" Jetzt hätte ich mir beinahe in die Hose gemacht. Erschrocken fahre ich herum und bringe ein extrem hohes „Willst du mich umbringen?" heraus und spüre sofort wieder dieses nervöse Kribbeln im Bauch.

„Tut mir leid, Süße, das wollte ich nicht." Da steht er, dieser Schrank von einem Mann, in den Türrahmen gelehnt und grinst mich frech an.

Ich strecke ihm die Zunge heraus und frage ihn nur verwirrt: „Was machst du überhaupt mitten in der Nacht hier?"

„Mir ist eingefallen, dass ich hier etwas Wichtiges vergessen habe. Aber warum bist du mitten in der Nacht wach?"

„Sissi und Daniel Radcliff auf der Flucht!"

„Bitte?!"

„Nicht so wichtig. Fakt ist, du machst es mir mit deinem nächtlichen Überfall nicht gerade einfacher, Schlaf zu finden. Ich fürchte, von dem Gedanken kann ich mich endgültig verabschieden."

„Wie kann ich das wieder gut machen?" Er braucht nur vier Schritte, um durch das große Zimmer plötzlich ganz nah vor mich zu treten. So nah, dass ich die Wärme, die von seinem Körper ausgeht, spüren kann, genauso wie seinen Atem auf meinen Haaren. Gott, wie kann man nur so gut riechen …
Ich schaue an seinem Körper entlang. Er trägt ein eng anliegendes, dunkelgrünes Shirt, das sich über seine muskulöse Brust etwas spannt, und darüber eine cremefarbene Häkelweste. Er sieht aus, als wäre er einem Modekatalog entsprungen. Meine Knie werden butterweich und ich muss mich unter Kontrolle halten, um ihm nicht einfach um den Hals zu fallen.

„Alles ok?", fragt er und schaute mich skeptisch mit hochgezogener Augenbraue und einem Grinsen im Mundwinkel an. Und wieder starre ich. Toll Marie, reiß dich gefälligst zusammen! Du bist eine erwachsene Frau, du solltest nicht so leicht zu haben sein!

In diesem Moment legt er eine Hand unter mein Kinn und kommt mir mit seinem Gesicht immer näher. Ich stelle mich auf die Zehenspitzen, um ihm ein Stück entgegenzukommen, und kann es kaum fassen. Was passiert hier? Ich schließe meine Augen in der Erwartung, seine Lippen endlich auf meinen zu spüren und dann ist es endlich so weit …

Ein lauter Knall und ich bin wach. Meine Haut kribbelt immer noch an der Stelle, an der er mich berührt hat, und mein Bauch fühlt sich an, als wären Tausende Schmetterlinge darin. Doch die Ernüchterung folgt in dem Moment, in dem mir bewusst wird, dass ich das alles nur geträumt habe. Ich setze mich auf und sehe Deirdre, die der Länge nach vor dem Bett liegt.

„Was machst du denn da auf dem Boden?"

„Ich glaube, ich wollte mich zur Seite rollen und dachte, ich wäre in meinem Bett." Sie reibt sich mit schmerzverzerrtem Gesicht den Hinterkopf und den Po.

Ich schaue sie mitleidig an, kann es mir allerdings nicht verkneifen: „Na wenigstens bist du weich gelandet!" Dann lache ich laut los.

Ein kurzer, schockierter Blick von Deirdre und dann kann auch sie sich vor Lachen kaum noch halten. Wir lachen, bis uns die Tränen kommen und erst, als wir langsam wieder Luft bekommen, merke ich, dass uns jemand beobachtet.

Unverschämt gutaussehend mit seinem blöden, frechen Grinsen auf den Lippen. Genau wie in meinem Traum, nur dass er es dieses Mal wirklich ist.

„Darf ich mitlachen?"

„Ich auch, ich auch!", höre ich aus dem Hintergrund. Schon kommt Lea angerannt und stürzt sich erst auf die am Boden liegende Deirdre und hüpft dann aufs Bett, um mir ein vorsichtiges Küsschen auf die Stirn zu geben und mir den Kopf zu streicheln.

„Mein Daddy hat gesagt, ich muss zart zu dir sein, weil du dir weh getan hast!"

„Da hat dein Daddy recht. Es ist schön, dass du mich besuchen kommst!"

„Als ich ihr erzählt habe, dass es dir nicht gut geht, wollte sie sofort herkommen", sagt Kian und schenkt seiner Tochter ein sanftes Lächeln.
„Das weiß ich sehr zu schätzen. Wie ist euer Plan für den Rest des Tages? Werdet ihr noch etwas Schönes unternehmen?"

Lea schaut mich entsetzt an, als ob ich gerade etwas Fürchterliches gesagt hätte.
„Wir bleiben natürlich hier und kümmern uns um dich!"

„Auch etwas, auf das sie bestanden hat!", sagt Kian und zwinkert mir zu.

„Das ist perfekt. Ich muss noch etwas für meine Klausur am Montag lernen und das geht am besten in der Bibliothek. Dann bist du ja in den besten Händen, während ich weg bin." Sie schnappt sich Lea, drückt sie fest an sich und zerzaust ihr die braunen Locken.

„Und morgen Abend werden wir zusammen mit deinen Eltern im Cottage essen! Mr. O'Brian hat darauf bestanden, das versprochene Festmahl zu bereiten und ich werde ihm dabei helfen. Ich vermute, ich kann von ihm noch einiges lernen."

Es ist wirklich schade, dass ich so wenig Zeit mit meinen Eltern verbringen konnte, aber ich wollte auf keinen Fall, dass die beiden die ganze Zeit neben mir sitzen und mich bedauern und bin froh, dass sie sich die letzten Tage einiges ansehen konnten. Ich musste versprechen, dass ich bei ihrem nächsten Besuch nicht im Krankenhaus lande. Dieses Versprechen gebe ich ihnen nur zu gern.

„Das hört sich gut an! Nun Schwester Lea, welche Therapie haben Sie heute für mich geplant?"

Ihre Augen werden groß, vor lauter Begeisterung darüber, dass sie mich heute gesund pflegen darf. Ich liebe dieses kleine, zarte Geschöpf.

„Ich habe meine ganzen Lieblingsfilme dabei und wir könnten meinen Puppen neue Frisuren machen. Und du könntest mich schminken und ich schminke dich, und wir könnten ...!"

„Nun lass Marie doch erst mal wach werden und sich frisch machen und wir beide bereiten in der Zeit das Frühstück vor, okay Bee?"

„Okay Daddy, dann schnell los, Marie hat bestimmt riesigen Hunger!" Sie schiebt ihren Daddy aus dem Zimmer, während der dramatisch die Hände in die Luft wirft und hollywoodreif die Augen verdreht. Deirdre und ich können ein Kichern nicht unterdrücken.

Eine Sekunde später streckt Kian wieder seinen Kopf ins Zimmer: „Pancakes und Bacon oder lieber Waffeln mit frischen Früchten und Joghurt? Ach, ich mache einfach beides, dann kannst du dir das aussuchen, was dir am besten schmeckt!" Dann ist er verschwunden und man hört ihn und Lea laut in der Küche singen, was kurz darauf von diversen Küchengeräten übertönt wird.

„Ist es wirklich in Ordnung, wenn ich jetzt gehe?"

„Klar, ich glaube die beiden", ich nicke in Richtung Küche, „werden gut auf mich acht geben!"

Dann gibt sie mir einen Kuss auf die Stirn und verschwindet. Den Kuss auf die Stirn hat diese Familie offensichtlich etabliert, zumindest was mich angeht.

KAPITEL 12

Auf dem Weg ins Bad kann ich einen kurzen Blick auf Kian und Lea erhaschen. Schöner könnte man eine Vater-Tochter-Beziehung nicht einmal im Film darstellen.

Ich schleiche weiter ins Bad, bevor jemand bemerkt, dass ich wieder einmal starre und innerlich schmelze. Dort angekommen, schleppe ich mich unter die Dusche. Es tut unendlich gut, wie das warme Wasser auf meinen Körper prasselt, endlich! Denn seit der Operation darf ich heute zum ersten Mal duschen. Ich lasse mir sehr viel Zeit und bin sehr vorsichtig mit der Narbe, an der momentan noch zwei Wundklammern befestigt sind. Als meine Finger schrumpelig sind, stelle ich das Wasser ab, kuschele mich in ein riesiges Badetuch und öffne die Tür der Duschkabine. In diesem Moment klopft es an der Badezimmertür und ohne darüber nachzudenken, sage ich: „Ja, bitte?" Kian schaut mich an und mustert mich von oben bis unten und einen kurzen Moment lang muss ich darüber nachdenken, ob ich wirklich ein Handtuch umgelegt habe. Ich mache einen Schritt nach vorne, als ich mir dessen sicher bin. Dass ich vergessen habe, dass ich in einer Duschwanne stehe, wird mir klar, als mein Fuß schmerzhaft gegen die Wanne knallt und ich quasi in Zeitlupe nach vorn falle. Schon ist Kian zur Stelle und fängt mich auf. Wie peinlich. Seit wir uns kennen, gibt es kein Zusammentreffen mit ihm, bei dem ich nicht wenigstens in ein Fettnäpfchen getreten wäre. Ich möchte einmal mehr im Boden versinken. Wo ich nun schonmal in seinen Armen liege, vergrabe ich mein Gesicht in seinem T-Shirt, nehme einen tiefen Atemzug, um seinen wunderbar warmen Geruch einzuatmen, und gebe einen langen, tiefen Seufzer von mir.

„Alles okay, hast du dir wehgetan?" Er klingt leicht panisch.

„Nein." Ich schaue zu ihm nach oben, direkt in seine smaragd-
grünen Augen. Fast wie in meinem Traum vergangene Nacht.

„Du musst vorsichtiger sein Süße!" Ich kann nur nicken, in meinem Hals befindet sich ein großer Knoten. Die Zeit scheint still
zu stehen und ich wünsche mir, dass dieser Moment ewig anhält.
Meine Hände liegen auf seiner muskulösen Brust und er hält
mich noch immer fest an sich gepresst, als hätte er Angst, dass
ich hinfalle, wenn er mich loslässt. Es fällt mir schwer, meinen
Blick von seinen Augen zu lösen.

Ich kann nicht anders, als mich auf die Zehenspitzen zu
stellen, die Augen zu schließen und ihm einen zarten Kuss auf
die Lippen zu hauchen. Als ich die Augen wieder aufschlage, sind seine noch ge-
schlossen. Er hält mich nicht mehr ganz so fest, also schlüpfe
ich aus seiner Umarmung, blitzschnell in meine Klamotten, die
ich mir zurechtgelegt hatte, und binde mir meine nassen Haare
schnell zum Dutt zusammen. Mittlerweile hat er seine Augen
wieder geöffnet und schaut mich an. Als ich mich gerade zum
Gehen wende und zur Türklinke greife, fasst er mich am Handgelenk. Er tritt einen Schritt näher, packt meine Hüfte, dreht
mich wieder zu sich und zieht mich nah zu sich heran. Mein
Herz klopft von meinem Haaransatz bis in die Zehenspitzen.
Dann küsst er mich, so leidenschaftlich und intensiv, dass ich
glaube, den Boden unter den Füßen zu verlieren. Im nächsten
Moment nimmt er ein wenig Abstand, schaut mich an und legt
sein typisches schiefes Grinsen auf.

„DAS war ein Kuss!"
Er verlässt das Badezimmer und lässt mich mit dem Gefühl
zurück, als müsste ich vor Glück explodieren.

Lea hat entschieden, dass wir unseren Film-Marathon mit Cin-
derella beginnen. Ich bin sofort dafür, denn auch durch meine
Adern fließt Feenstaub und Disneyfilme sind für mich etwas

absolut Magisches. Während Kian die Küche in Ordnung bringt, erstellen wir gewissenhaft eine Liste, in welcher wir die Reihenfolge der von uns sorgfältig ausgewählten Filme festlegen. Er ist nicht ganz so begeistert, wie seine Tochter und ich, also sind wir gnädig und räumen ihm einen Film ein, den er sich aussuchen darf. Den ganzen Mittag und Nachmittag verbringen wir mit unseren liebsten Disney-Helden auf dem riesigen Sofa, alle dicht aneinander gekuschelt und ich stelle fest, dass meine Lieblingsfilme auch auf Englisch ihren Charme nicht verlieren. Im Gegenteil sogar. Ab und an merke ich, wie Kian zu mir rüber sieht, ein Blick, als würde er über irgendetwas Wichtiges nachdenken.

„Also weißt du, es ist ganz schön unhöflich, jemanden so anzustarren!", sage ich mit einem breiten Grinsen auf dem Gesicht und ziehe eine Grimasse. Lea ist gerade zur Toilette verschwunden, das nutze ich aus, um einen Moment meine Gliedmaßen auszustrecken.

„Ich kann nichts dafür, ich finde es faszinierend!"

„Und was genau?"

„Ich bin fasziniert davon, dass der einzige Unterschied zwischen dir und Lea, wenn ihr diese übermäßig kitschigen Filme anschaut, darin besteht, dass du schneller anfängst zu weinen und etwa einen halben Meter größer bist. Ist dir klar, wie deine Augen dabei leuchten?"

„Was soll ich sagen? Durch meine Adern fließt eben Feenstaub!" Warum sollte ich ihn auch anlügen? Ich weiß genau, wie ich mich beim Disney-Filme schauen verhalte.

Lea hüpft wieder zwischen uns und weiter geht es mit „Coco".

Zwischen mir und Kian ist immer ein „Lea-Abstandshalter". Jedes Mal wenn wir uns trotzdem versehentlich berühren oder ich merke, dass sein Blick auf mir ruht, jagt es mir ein Kribbeln durch den ganzen Körper. Und ich habe das Gefühl, dass es auch ihm so geht.

Gegen Abend stößt auch Deirdre zu uns und Kian ist nun hoffnungslos in der Unterzahl, was die Auswahl der Filme betrifft. Also gibt er sich geschlagen und beschließt, sich abzusetzen, um etwas zu Essen besorgen zu gehen.

Die Türe ist kaum ins Schloss gefallen, da dreht Deirdre sich zu mir um und schaut mich prüfend an. Dann flüstert sie, damit Lea nichts mitbekommt, was sowieso unwahrscheinlich ist, weil die Kleine seit einer halben Stunde tief und fest schläft: „Was ist hier eigentlich los?"

„Was soll los sein?"

„Soll das ein Witz sein? Du grinst wie ein Honigkuchenpferd! Läuft da etwas zwischen euch beiden? Ich wusste doch, dass da etwas ist!" Triumphierend wirft sie die Arme in die Luft.

„Hör auf! Ich weiß es selbst noch nicht genau. Da ist etwas zwischen uns, das kann ich nicht bestreiten, aber lass uns bitte Zeit, das selbst herauszufinden, ja?" Ich liebe Deirdre, sie will für alle stets das Beste und wenn sie jemanden zu seinem Glück zwingen muss. Allerdings ist das in meinen Augen im Moment nicht die beste Strategie, vor allem, weil ich mir trotz des Kribbelns bei jeder Berührung und trotz des warmen, geborgenen Gefühls, das Kian mir gibt, nicht weiß, ob ich wirklich schon bereit bin, mich wieder auf jemanden einzulassen. Ich habe die letzten Monate sehr genossen, mal nur darauf zu hören, was ich möchte. Und es gefällt mir eigentlich recht gut, dass ich dabei auf niemand anderen achten muss.

Es war mir in den Jahren zuvor nicht aufgefallen, wie sehr ich mich selbst vernachlässigt habe. Jetzt habe ich endlich das Gefühl, dass ich meine Träume wahr werden lassen kann.

„Gut, ich halte mich raus, aber zwingt mich nicht, eingreifen zu müssen! Unnötige Dramen braucht nun wirklich keiner von euch beiden!"

Da hat sie wohl recht. Ich mag es schon nicht, wenn in Büchern und Filmen plötzlich alles durch ein winziges Missverständnis in die Brüche geht, nur um dann festzustellen, dass alle bereits auf Seite 20 statt 200 hätten glücklich und zufrieden sein können ..., wenn man nur mal miteinander gesprochen hätte! Im wahren Leben ist das oft genug der Fall, in Büchern darf das anders sein. Also nicke ich nur und hoffe, sie hält Wort.

Nach einer halbstündigen Diskussion darüber, ob Kian, nun, da er zu Hause ist, auch in seinem eigenen Bett schlafen könnte und ich dann auf die Couch ausweiche, gebe ich nach und falle erschöpft ins Bett. Ich höre noch die Wohnungstür, als Kian zurückkommt, nachdem er Lea zu ihrer Mutter gebracht hat, dann schlafe ich ein und wache erst wieder auf, als ich plötzlich das Gefühl habe, beobachtet zu werden. Und tatsächlich steht Kian im Türrahmen, den er vollständig ausfüllt.

„Bist du wach? Kann ich reinkommen?"

„Klar, was gibt's?" Ich versuche betont locker zu klingen. Allerdings klingt meine Stimme dafür zu piepsig. Er schließt die Zimmertür und setzt sich zu mir aufs Bett.

„Hast du eine Ahnung, was das zwischen uns ist, oder was daraus werden soll?" Gut, dass er genauso planlos zu sein scheint wie ich.

„Ich weiß es ehrlich gesagt auch nicht." Dann schauen wir uns an und müssen beide lachen.

„Was ich weiß, ist, dass ich Dienstagnacht solch eine Angst hatte, dich zu verlieren, dass es mich beinahe um den Verstand gebracht hätte. Im Nachhinein kommt mir das ein wenig lächerlich vor in Anbetracht der Tatsache, dass es mehr oder weniger eine Lappalie war, aber das wusste ich in dem Moment, als du einfach umgefallen bist ja nicht."

Es fällt ihm schwer, darüber zu sprechen. Er blickt zu Boden und ich sehe, wie seine Ohren rot anlaufen.

„Ich weiß auch, dass ich, sobald du das Zimmer betrittst, das Gefühl habe, ich müsste dich sofort fest in meine Arme schließen, weil ich ansonsten platze."

Wow, ich bin froh, dass er ehrlich ist. Das hatte ich nicht erwartet. Von allen Männern, die ich in meinem Leben bis jetzt kennengelernt habe, hat niemand mental so dermaßen die Hosen runtergelassen. Auch von Kian hätte ich das nicht erwartet.

Ich lege meine Finger unter sein Kinn und hebe seinen Kopf an, so dass ich ihm in die Augen schauen kann.

„Mir geht es nicht anders. Ich weiß nur nicht, ob ich dafür bereit bin. So frei wie an dem Tag, an dem das Flugzeug in Frankfurt gestartet ist, habe ich mich noch nie gefühlt, und ich habe Angst, dieses Gefühl wieder zu verlieren. Ich will ganz ehrlich sein, ich liebe es, wenn du mich berührst. Wenn deine Hand nur meinen Arm streift, könnten die Schmetterlinge in meinem Bauch nicht heftiger flattern. Gleichzeitig habe ich aber Angst davor, dass mich das abhängig macht. Ich habe fünfzehn Jahre so getan, als wäre alles okay, weil ich der festen Überzeugung war, dass einzig und allein starke Liebe dazu ausreicht, um eine Beziehung zu führen und alles Schlimme gemeinsam durchzustehen. Die Quittung über diese naive Vorstellung, so unbedarft sie auch sein mag, habe ich bekommen und sie hat mir fast das Herz gebrochen."

„Bereust du es? Ich meine, dass ihr nicht früher vernünftig über alles gesprochen habt?"

Ich muss nicht lange über die Antwort nachdenken: „ Ja!" Er sieht mich einen Moment lang traurig an, dann ergänze ich meine Antwort: „Natürlich bereue ich es, denn das hätte mir eine

Menge Schmerz erspart. Ungeachtet dessen, was in den letzten Monaten alles passiert ist und was sich verändert hat. Ich denke zwar mittlerweile, es wäre auf die eine oder andere Art irgendwann sowieso auseinandergegangen, aber dann, so glaube ich fest, in Freundschaft. Vielleicht musste alles aber auch genau so kommen, damit ich endlich den Mut fassen konnte, mich alleine auf den Weg in ein neues Abenteuer zu machen. Mich selbst besser kennenlernen zu können und endlich meine Bedürfnisse zuerst und nicht die aller anderen zu erfüllen.

„Ich weiß genau, was du meinst. Auf meiner Seite sieht es ähnlich aus. Ich habe mich damals zu früh zu etwas verleiten lassen, wofür ich eigentlich noch nicht bereit war. Versteh mich nicht falsch, Lea ist das Beste in meinem Leben und ich bereue keinen Tag, dass es sie gibt. Aber es gab auch eine kurze Zeit, als Christina gerade schwanger war, da dachte ich anders darüber. Ich denke auch ständig darüber nach, wenn das zwischen uns mehr wird und es plötzlich nicht mehr klappt, was dann? Es würde Lea das Herz brechen ... und mir auch!"

Bei all den negativen Beispielen habe ich das Bedürfnis, etwas Positives zum Gespräch beizutragen: „Allerdings, was wäre, wenn es gut läuft? Wenn wir Disney-like ‚glücklich bis ans Ende unserer Tage leben'? Ich weiß, das klingt kitschig und ich weiß auch, dass das Leben für gewöhnlich nicht so einfach ist, aber sind wir uns vielleicht schuldig, es herauszufinden? Ich finde, verdient hätten wir es beide!" Bei dem Gedanken muss ich kichern.

„Was hältst du davon, wenn wir es mit ein paar Dates versuchen? Unverbindlich. Und wenn es nicht klappt, bleiben wir Freunde?" Er streckt mir die Hand entgegen. Besiegeln wir das jetzt mit einem Handschlag?! Nun gut, ich nicke und nehme seine Hand.

„Nun habe ich noch eine etwas dreiste Frage, ohne jeden Hintergedanken: Die Couch ist unglaublich unbequem zum Schlafen."

„Na nimm dir deine Decke und komm schon rüber!" Alleine der Gedanke neben ihm einzuschlafen macht mich schwindelig, aber davon abgesehen, dass wir gerade beschlossen haben, es langsam anzugehen, wäre es mir im Moment durch meine Wunde am Bauch gar nicht möglich, mehr zu tun, als ruhig dazuliegen. Er schlüpft neben mir ins Bett und nimmt mich fest in den Arm. Ich schließe die Augen, atme seinen Duft ein und genieße es, ihn so nah bei mir zu haben.

KAPITEL 13

Seit meinem dramatischen Aufenthalt im Krankenhaus und der Abmachung, die Kian und ich getroffen haben, sind nun vier Wochen vergangen. Ich bin wieder fit und zurück im Cottage. Wie erwartet mag Mr. O'Brian mein Essen nun nicht mehr ganz so gerne, was mich nicht wundert. Denn wenn ich wochenlang von Kian bekocht werden würde, wäre mir alles andere auch zu wider. Am Abend vor ihrer Abreise haben meine Eltern und ich uns wie versprochen von Mr. O'Brian bekochen lassen. Er und Kian haben stundenlang in der Küche gestanden, damit der alte Herr uns auch wirklich sein bestes Irish Stew servieren konnte. Es war ein wunderschöner Abend. Wir haben viel gelacht und Mr. O'Brian hat betont, wie froh er ist, dass ich aus Versehen bei ihm gelandet bin. Bei dieser Bemerkung muss ich mich zusammenreißen. Es ist rührend und schön zu wissen, dass er mich gernhat und ich ihm wirklich helfen kann, denn mir würde er das so niemals geradeheraus sagen. Die Verabschiedung von meinen Eltern verläuft sehr tränenreich. Ich bin traurig darüber, dass ich so wenig Zeit mit ihnen verbringen konnte, und sehne mich schon nach ihrem nächsten Besuch in der Weihnachtszeit. Ich war froh, dass Deirdre montags nach ihrer Klausur mit zum Flughafen gefahren ist, um mich zu trösten. Natürlich war das nicht ihr einziges Motiv gewesen. Erstens war ich wegen der Medikamente, die ich noch nehmen musste, nicht sicher, ob ich Auto fahren kann, und zweitens hatte sie Kian am Sonntagmorgen erwischt, wie er sich aus seinem Zimmer auf die Couch geschlichen hat. Wir waren uns nämlich einig, dass wir das Ganze erst einmal niemandem erzählen wollen. Da Deirdre den ganzen restlichen Tag in der Bibliothek verbringen musste, um nicht durchzufallen, mich aber morgens nicht hatte wecken wollen, machte es sie nun verrückt, nicht zu wissen, was da zwischen uns vorging. Die Autofahrt war mehr als anstrengend, denn wenn diese Frau sich in etwas verbissen hat, dann ist sie fast nicht abzuschütteln. Erst als ich sie böse anfunkle und ihr klipp und klar sage, dass es sie nichts angeht. Statt beleidigt zu sein, grinst sie nur breit und flüstert etwas wie: „Wusste ich doch, dass da was läuft!", vor sich hin und mir wird bewusst, dass ich den Rest des Tages dieses selbstgefällige Grinsen vor der Nase haben werde.

Inzwischen hatten Kian und ich schon ein paar Dates. Wir mussten uns jedes Mal zusammenreißen, dass es nicht über einen Gutenachtkuss hinausgeht, aber wir hatten beim ersten Date einige Regeln aufgestellt, von der eine besagt, dass wir vorerst nicht miteinander schlafen, weil das alles noch verkomplizieren würde. Unsere Selbstbeherrschung schwindet jedes Mal, wenn wir uns sehen, mehr. Sei es bei einem Date oder auf der Arbeit oder in der Wohnung, die Anziehungskraft zwischen uns ist fast greifbar, und ich bin sehr gespannt, wie lange wir es noch schaffen, uns unter Kontrolle zu halten. Heute steht wieder ein Treffen an, Kian hat mich in die Wohnung eingeladen, denn Deirdre ist nicht da. Er will für uns beide kochen und danach ist ein Spieleabend geplant. Bis jetzt war der Tag so wunderbar, das gibt mir den Übermut, mich selbst und mein Date etwas herauszufordern. Und da es richtig warm ist, werfe ich mich in mein Lieblingskleid. Ich fühle mich richtig wohl in dem luftigen bunten Stoff. Mein Haar trage ich offen. Eine lange Kette und kleine Perlenohrringe, die super zur Geltung kommen, wenn ich meine lange Mähne nach hinten werfe. Dazu meine braunen Sandalen mit 10-Zentimeter-Absätzen. Als Kian mir die Tür öffnet, weiß ich sofort, dass ich das perfekte Outfit gewählt habe. Bevor er mich hereinbittet, mustert er mich von oben bis unten, bleibt einen Moment an meinem Mund hängen, schluckt einmal schwer und bringt nur ein „Wow!" raus. Ich zaubere für ihn mein allersüßestes Lächeln hervor und versuche, verlegen zu wirken, und dabei weiß ich ganz genau, was ich da tue. Ich hauche ihm einen Kuss auf die Wange, wie an dem Tag, an dem der Schlamassel angefangen hat, schwebe an ihm vorbei und versuche, dabei möglichst elegant auszusehen. Natürlich passiert das, was passieren muss: Meine Schusseligkeit gepaart mit meiner Hochnäsigkeit und einem defekten Riemchen an meinem rechten Schuh führt dazu, dass ich mich der Länge nach im Eingangsbereich hinlege wie ein Teppich.

Kian hilft mir beim Aufstehen und kann sich ein Lachen nicht verkneifen, dann hebt er meine Hand in die Höhe und lässt mich einmal drehen.

„Du quälst mich gerne oder? Nicht, dass du mich nicht auch in Jogginghosen verrückt machen würdest, aber das geht nun wirklich zu weit." Er küsst mich leidenschaftlich und führt mich zur Küche, wo es, wie erwartet, bereits nach leckerem Essen duftet. Das ging nach hinten los. Ich dachte, ich könnte ihn mit meinem Outfit um den Verstand bringen. Er schafft das mit einer einzigen kleinen Bemerkung.

Das Essen, das Kian für heute Abend vorbereitet hat, ist mal wieder der absolute Wahnsinn und nachdem ich ihn zum zehnten Mal belobhudelt, und ihm gesagt habe, er sollte besser als Koch denn als Barkeeper und Manager arbeiten, fallen wir beide mit vollen Bäuchen auf die Couch und schaffen es lediglich einen Film anzusehen, bevor wir einschlafen. Mitten in der Nacht werde ich wach und bin einen Moment lang vollkommen orientierungslos, bis ich realisiere, wo ich bin. Ich schaue neben mich und da liegt dieser unglaublich attraktive Mann neben mir. Ich betrachte ihn ganz genau, die markanten Gesichtszüge, die langen Wimpern, die genau wie seine Haare und sein Bart in einem angenehmen Orangeton wirken wie Kupferfäden. Ich kann nicht anders, als ihn zu küssen, ganz sanft, damit ich ihn nicht wecke. Dafür muss ich mich ein wenig über ihn beugen und mich an der Rückenlehne abstützen. In dem Moment, als ich von ihm ablassen will, schlingt er seine Arme um mich, zieht mich näher an sich heran und erwidert den Kuss, noch leidenschaftlicher und fordernder als er es abends bei meiner Ankunft getan hatte. Er schlägt die Augen auf, nimmt mein Gesicht in die Hände und schaut mir tief in die Augen, scheinbar bis in meine Seele.

Seine riesigen rauen Hände ruhen auf meinem Gesicht und fühlen sich so unglaublich warm an, dass ich das Gefühl habe, gleich in Flammen aufzugehen … Vermutlich liegt das auch an der körperlichen Anziehungskraft zwischen uns, die man wahrscheinlich gerade mit einem Messer in kleine Stücke schneiden könnte. Ich antworte ihm nicht und küsse ihn einfach weiter. Es kommt mir vor, als wären wir zwei Teenager, die nicht voneinander ablassen können und Angst haben, die Tür könnte sich jederzeit öffnen und die Eltern hereintreten. So verbringen wir den Rest der Nacht eng umschlungen.

Dieses Kribbeln der ersten Berührungen, bevor es ernst wird … ein unglaubliches Gefühl!

Am Morgen bereitet Kian uns ein himmlisches Frühstück zu, verabschiedet mich dann mit einem letzten zärtlichen Kuss und ich fahre träumend wieder zum Cottage zurück. Die nächsten zwei Wochen wird es nicht möglich sein, dass wir uns daten. Lea wird für diese Zeit bei ihrem Dad sein und vor der Kleinen wollen wir unsere Liebeleien nun wirklich noch nicht zeigen. Und dann ist da noch Deirdre. Es wird immer schwerer, ihr die Sache zu verheimlichen, und so langsam kommt sie uns auf die Schliche. Auch wenn Kian sie zu unseren Date-Zeiten grundsätzlich zum Arbeiten einteilt oder ihr irgendwelche anderen wichtigen Dinge zu tun gibt, denn sie würde es noch zustande bringen und uns verfolgen und ausspionieren. Das heißt also, dass wir uns die nächsten zwei Wochen kaum sehen werden, was mich einerseits traurig macht, andererseits aber auch dazu führt, dass ich mehr Zeit habe, mich damit auseinanderzusetzen, wie mein Leben in Zukunft hier weitergehen soll. So schön es momentan auch ist, mich um nicht mehr, als Mr. O'Brians Abendessen und seine Medikamente sorgen zu müssen. Ich würde mich wirklich gerne wieder dem widmen, was ich eigentlich immer machen wollte: Schreiben.

KAPITEL 14

Mr. O'Brian ist im Gegensatz zu meinem ersten Tag hier richtig fit geworden. Ich habe irgendwann damit begonnen, ihn zu meinen täglichen Spaziergängen mitzunehmen und mittlerweile schafft er es bereits, eine Stunde draußen unterwegs zu sein, ohne in mir das Bedürfnis zu wecken, einen Krankenwagen rufen zu wollen. Zwar schaffen wir in der Zeit gerade mal 3 Kilometer, aber das spielt keine Rolle. Heute ist es sonnig, aber sehr kalt und der Wind pfeift uns um die Ohren, als wir gerade an einem der schönsten Flecken in der Gegend ankommen. Jemand, der keinen Sinn für die Freude an den winzigsten Dingen hat, würde dieses Stück Erde wahrscheinlich als langweilig abtun, doch für Mr. O'Brian ist es der Ort, an dem er seine geliebte Susanna das erste Mal geküsst hat. Der Ort, an dem er ihr einen Heiratsantrag gemacht hat. Der Ort, an dem sie ihm eröffnet hat, dass er bald Vater wird und der Ort, an dem sie unzählige Male zusammen gepicknickt und wundervolle Sonnenuntergänge und -aufgänge beobachtet hatten. Mr. O'Brian hat mir auf jedem unserer Spaziergänge eine dieser Geschichten erzählt und mittlerweile ist es auch für mich ein magischer Ort geworden. Ich bin jedes Mal überwältigt, wenn ich dieses Stück Land betrete. Eigentlich ist es eine große verwilderte Wiese. Ich kann mir gut vorstellen, wie sich hier im Frühling und im Sommer sämtliche Insekten der Gegend summend versammeln und die Rehe, Hasen und Füchse Unterschlupf im dichten hohen Gebüsch und den Gräsern, die einem erwachsenen Mann bis zur Nasenspitze reichen, finden. Inmitten des Grundstücks steht ein riesiger alter Baum, der sicherlich schon viele Geschichten stumm miterlebt hat und noch immer da stehen wird, auch wenn alle, die diese Geschichten erzählen könnten, bereits tot sind. Das klingt alles sehr kitschig, allerdings ist dieses Stück Erde ein Ort, der zum Träumen und zum Verweilen einlädt.

Ich denke, ich sollte einmal alleine herkommen und anfangen, meine Gedanken dazu aufzuschreiben. Wer weiß, was daraus werden würde. Ich nehme mir vor, den nächsten wärmeren Tag zu nutzen, um es mir hier gemütlich zu machen.

Wieder einmal bin ich so fasziniert und in meinen Tagtraum versunken, dass ich gar nicht bemerkt habe, dass Mr. O'Brian neben mir steht und mich mustert.

„Über was denkst du nach?"

„Ich denke, ich sollte wieder anfangen zu schreiben."

„Wieder?"

„Ich habe mich eine Zeit lang zu Hause an einem Thriller versucht. Allerdings ist er nie wirklich fertig geworden und er war auch nicht sonderlich gut."

„Das ist eine gute Idee. Weißt du schon, was du schreiben möchtest?"

„Nein, aber ich werde darüber nachdenken. Sie werden der Erste sein, der es erfährt, wenn ich zu einem Entschluss gekommen bin."

„Ich bin sehr gespannt! So, möchtest du mir nun auch erzählen, was zwischen dir und Kian vorgeht? Es ist ja kaum auszuhalten mit euch beiden in einem Raum." Ich schaue ihn schockiert an. Waren wir etwa doch nicht so dezent, wie wir dachten? Ich sammle mich, atme einmal durch und schaue ihn dann vollkommen unschuldig an.

„Ich weiß nicht, wovon Sie sprechen!", entgegne ich mit gespieltem Entsetzen.

„Also erstens denke ich, es wäre an der Zeit, dass du mich Liam nennst!" Er rückt seine Brille zurecht und blickt unter den dicken Gläsern zu mir herüber. Das ist ein Angebot, das ich nur zu gerne annehme. Denn Mr. O'Brian, ich meine natürlich Liam, ist schon seit Längerem mehr als nur mein Arbeitgeber oder mein Mitbewohner für mich geworden.

„Und zweitens, LIAM?" Ich kann mir ein Grinsen nicht verkneifen.

„Und zweitens bin ich der Meinung, dass er ein anständiger, fleißiger Mann ist, der gut zu dir passen würde. Du hast nicht viel von deinem Ex-Freund erzählt, aber ich denke, du hast es verdient, einen Partner zu haben, der für dich die Welt zum Stillstand bringt." Er wartet einen Moment, dann fügt er hinzu: „Und ein irischer Mann ist sowieso immer die bessere Wahl." Dieses Mal grinst er und zwinkert mir verheißungsvoll zu.

„Wir möchten nichts überstürzen, deshalb soll es noch niemand wissen!"

„Keine Angst, ich werde niemandem etwas verraten. Ich möchte dir nur raten, es ihm zu sagen, wenn du etwas für ihn empfindest. Du weißt, nur du selbst kannst dafür sorgen, dass du glücklich bist, indem du die Entscheidungen, die du triffst, mit Sorgfalt wählst. Noch schöner ist es, wenn du einen Menschen hast, mit dem du dein Glück teilen kannst. Wenn wir Menschen ehrlicher zueinander wären, wäre die Welt eine Bessere! Also, um es kurz zu machen: Je schneller ihr das klärt, desto schneller könnt ihr gemeinsam glücklich sein!"

„Ich weiß deinen Rat sehr zu schätzen, vielen Dank."

Auf dem Nachhauseweg sprechen wir kaum. Ich habe das Gefühl, dass jeder von uns über seinen eigenen Gedanken brütet. Ich denke darüber nach, was Liam mir geraten hat, und er hängt vermutlich Erinnerungen an eine bessere Zeit nach.
    Am Abend sitze ich besonders lange bei den Hühnern und denke angestrengt darüber nach, welche Art von Geschichte

ich schreiben will. Die Hühner sind wie jeden Abend gefesselt und hören mir aufmerksam zu, während ich vor mich hinplappere. Ihr abwechselndes Gegacker wirkt irgendwie beruhigend, fast meditativ.

In dieser Nacht ist an Schlaf nicht zu denken. Ich wälze mich hin und her und wenn ich mal kurzzeitig einnicke, habe ich verwirrende Träume, die in den Vierzigerjahren und, was noch verwirrender ist, in Schwarzweiß spielen. Es geht mal um mich und Kian, mal um Liam und Susanna, einmal sitzen wir sogar zusammen unter dem großen Baum auf der Wiese und picknicken zusammen.

Beim Frühstück am Morgen habe ich große Mühe, nicht mit dem Kopf in mein Porridge zu fallen, und ausgerechnet heute habe ich eine ganze Menge zu tun. Vielleicht schlafe ich dann wenigstens in der nächsten Nacht besser.

Nachdem ich die Mahlzeit ohne Comicszene hinter mich gebracht habe, bin ich nun dabei, den Hühnerstall auszumisten und einige Reparaturen an der schiefen Holzhütte vorzunehmen. Auch die Garage und der Geräteschuppen haben einiges abbekommen. Allerdings treten diese in den Hintergrund, da sich dort keine frierenden Lebewesen aufhalten. Mrs. Reagan ist heute mit ihrem Vater unterwegs zu diversen Arztbesuchen, also kann ich meine Musik auf volle Power drehen und hüpfe in meinen Wollsocken, laut singend durch das ganze Haus, um zu räumen und zu putzen.

Dann geht es weiter zum Fenster putzen, dann zum Dekorieren, zu guter Letzt bereite ich noch das Abendessen für mich und den alten Herrn vor und falle dann müde und geschafft in Mrs. O'Brians Ohrensessel und schlafe endlich ein.

Als ich wieder wach werde, schauen mich zwei große Glupschaugen an und ich schrecke auf, als ich bemerke, auf welchem Platz ich mich niedergelassen habe.

„Entschuldige bitte, ich weiß, das ist ihr Sessel." Es ist mir peinlich, gerade hier eingeschlafen zu sein. Auf dem Heiligtum des Hauses, wie ich es seit Monaten vermute.

„Um ehrlich zu sein, wurde es Zeit, dass auf diesem Sessel endlich mal wieder jemand sitzt. Ich habe schon überlegt, ihn zu
entsorgen, weil er nicht genutzt wird."

„Ich dachte, es wäre nicht erwünscht, dass sich jemand in den
Sessel setzt, weil es doch Susannas Sessel war."

„Machst du Witze? Ich dachte, alle finden das Teil genauso unbequem wie ich! Also nur damit das auch klar ist: Es ist vollkommen okay, wenn in diesem Sessel jemand sitzt!"

„Das ist sehr nett. Allerdings glaube ich, du solltest das auch deiner Familie mitteilen. Ist dir nicht aufgefallen, wie alle immer
um den Sessel herumschleichen und sich lieber stapeln würden,
als sich zu wagen, sich darauf zu setzen?" Darüber können wir
beide nur lachen und so wird der heilige Sitzplatz von nun an
abends von mir genutzt und ich muss sagen, ich habe noch nie
so bequem gesessen.

Als wir ein paar Abende später wie so oft am wärmenden Kamin
sitzen und jeder in sein Buch vertieft ist, leuchtet mein Han-
dy auf. Eine Nachricht von Kian: „Na, was machst du gerade?"

„Dasselbe wie so oft, Liam und ich sitzen zusammen im Wohnzimmer und widmen uns jeder seinem Buch. Wobei ich sagen
muss, dieses Mal bin ich nicht so begeistert von meiner Auswahl! Was treibt ihr? Quält Lea dich wieder mit einem ihrer
Barbie-Filme?"

„Heute sind wir bei ‚Barbie in Schwanensee'. Hast du nicht Lust
herzukommen und mich von meinem Leid zu erlösen oder es
vielleicht zumindest mit mir zu teilen?" Dahinter hängt noch
ein Emoji, das mich anschaut, als würde es gleich losheulen.
Klar habe ich Lust dazu. Allerdings bin ich mir nicht sicher,
ob das angesichts der Tatsache, dass wir in der Wohnung dauer-
haft von Lea und Deirdre unter Beobachtung stehen, eine gute

Idee wäre. Die beiden vermuten meiner Ansicht nach irgendwas. Auch wenn Lea erst sieben Jahre alt ist, ist die Kleine wirklich fix, was dieses Thema angeht, wenn auch teilweise angestiftet von ihrer Tante.

„Ich fürchte, wir könnten uns unter den wachsamen Augen deiner Tochter und deiner Schwester verraten. Vielleicht wäre es besser, wenn ich heute zu Hause bleibe." Ich zögere einen Moment, dann lösche ich die Nachricht und tippe ein kurzes: „Ich kann nicht, Liam fühlt sich heute nicht sehr wohl. Ich bleibe besser bei ihm. Wir sehen uns in den nächsten Tagen." Dann lege ich mein Telefon zur Seite und lese in Ruhe diese unendlich schlechte Geschichte weiter. Meine fürchterliche Neugier hält mich davon ab, das Buch in den Mülleimer zu werfen.

Circa eine halbe Stunde später, es ist schon nach acht Uhr, klingelt es an der Tür. Als ich sie öffne, staune ich nicht schlecht, dass Kian und Lea vollgepackt mit Spielen und einem ganzen Haufen Essen vor mir stehen. Die Kleine rennt sofort an mir vorbei und hüpft zu Liam auf den Sessel, der sie freudestrahlend in den Arm nimmt. Lea war in den Wochen, in denen ihr Vater meine Aufgaben hier übernommen hatte, ein paarmal hier gewesen und der alte Herr hat sie sofort als Enkelkind adoptiert. Kein Wunder bei der Liebe und Herzlichkeit, die dieses Kind ausstrahlt.

„Was macht ihr denn hier?"

„Marie hat Daddy geschrieben, dass es dir nicht gut geht. Da dachten wir, wir müssen dafür sorgen, dass es dir besser geht." Liam schaut mich über seine großen, schweren Brillengläser hinweg an und wirft mir einen tadelnden Blick zu. Ich kann nur noch ein schuldbewusstes Gesicht aufsetzen und ein ernstgemeintes „Sorry" mit meinen Lippen formen, da kommt auch schon Kian ins Zimmer, nachdem er die mitgebrachten Köstlichkeiten in der Küche verstaut hat.

„Da hat Marie recht." Oh zum Glück spielt er mit. „Ich habe heute darüber nachgedacht, was ich meiner Susanna alles nicht mehr sagen konnte. Das hat mich traurig gemacht." Wieder ein tadelnder Blick, auf den ich dieses Mal nur mit hochgezogener Augenbraue reagieren kann. Dieser fiese Kerl, das hat er mit Absicht gemacht. Zu dumm, dass ich es verdient habe. Ich hätte ihn nicht als Ausrede vorschieben sollen.

Nachdem wir so ziemlich jedes Spiel gespielt haben, das in Kians und Deirdres Wohnung zu finden war, und uns die Bäuche mit den leckeren Sachen vollgeschlagen haben, die Kian und Lea vorbereitet haben, sitzen wir nun alle im Wohnzimmer zusammen. Lea hockt auf Liams Schoß, ich auf meinem neuen Lieblingsplatz und Kian auf dem Boden vor uns, während Mr. O'Brian uns aus einem alten Buch über irische Sagen-Geschichten von Feen und Kobolden vorliest. Die Stimmung ist wie verzaubert. Wir haben Teelichter angezündet und nur der Sessel ist von einem etwas helleren Licht erleuchtet, damit Liam die Buchstaben mit seinen schlechten Augen besser lesen kann. Lea schaut ihn mit einem Leuchten im Blick an, als wäre er der beste Geschichtenerzähler der Welt, wie er dasitzt und seine Stimme an den düsteren Stellen extra tief und mystisch klingen lässt. Ich fühle mich in meine Kindheit zurückversetzt, wenn meine Cousinen und ich um unseren Großvater gesessen und uns Geschichten aus der guten alten Zeit angehört haben.

Nach einer Weile ist Lea eingeschlafen und Kian bringt sie nach oben in mein Bett. Inzwischen hat es angefangen zu schneien und die Straße ist nicht mehr zu erkennen, geschweige denn befahrbar. Deshalb beschließen Liam und ich, dass unser Besuch über Nacht bleiben soll. Ich helfe Kian dabei, sich ein Nachtlager im Wohnzimmer aufzuschlagen, währenddessen Mr. O'Brian sich leise aus dem Staub macht und zu Bett geht.

Als wir alleine sind, zieht Kian mich an sich und küsst mich. Wie bei jedem Kuss von ihm fühlen sich meine Beine an wie Gelatine und ich zerfließe förmlich in seinen Armen. Er hält mich ein

Stück von sich weg. „Ich glaube, ich habe mich in dich verliebt!"
Diese Worte aus seinem Mund zu hören, verursachen bei mir
Ohrensausen. Ich falle ihm um den Hals und küsse ihn mit aller Leidenschaft, die ich aufbringen kann. Wären wir nicht im
Cottage, würde ich sofort ganz und gar über ihn herfallen. Ich
verspüre ein Glücksgefühl, das ich so noch nie erlebt habe und
von dem ich nicht dachte, dass ich es so unglaublich genieße
würde. Auch Kian macht einen erleichterten Eindruck, als wäre
ihm gerade eine riesige Last abgenommen worden. Ich kann ihn
nur mit einem dümmlichen Grinsen im Gesicht anschmachten
und er tut genau dasselbe.

KAPITEL 15

Es ist traumhaft schön, wieder einen Partner an meiner Seite zu haben! Nicht, dass jeder so etwas unbedingt braucht, oder gar abhängig davon wäre, aber es ist einfach ein schönes Gefühl, zu wissen, dass da jemand ist! Deirdre ist uns vor Freude um den Hals gefallen, sie hatte es ja schon lange geahnt. Und Lea hat sofort gefragt, ob ich nun bei ihrem Papa einziehen würde. Natürlich werden wir nicht gleich zusammenziehen, dafür genieße ich meine Zeit, die ich ganz alleine mit meinen Gedanken im und rund um das Cottage verbringe, viel zu sehr. Ich denke, dass genau das im Moment auch das Richtige für mich ist. Liam hatte nur „Na, das wurde auch mal Zeit!" gebrummt und Kian anerkennend auf die Schulter geklopft. Auch aus Deutschland sind alle begeistert von Kian und die Freude könnte kaum größer sein. Trotz des tränenreichen Telefonats mit meiner Mutter, das mit den Worten „Na toll, jetzt kommst du ja nie wieder zurück nach Hause!" begonnen hatte.

Als Nächstes steht ein Besuch in Howth an. Nachdem ihre Eltern von Deirdre, Kian und vor allem von Lea so viel über mich gehört haben, wollen sie mich nun doch endlich kennenlernen und am Samstag soll es so weit sein. Ich freue mich sehr auf den Abend. Mit Eltern habe ich mich schon immer gut verstanden, ob von Freunden oder von festen Freunden. Deshalb mache ich mir keine Sorgen darüber, dass wir uns nicht verstehen könnten. Trotzdem bin ich ein wenig nervös und froh, dass Deirdre zu meiner Unterstützung mitkommt.

Bei der Ankunft auf der Halbinsel komme ich aus dem Staunen nicht mehr heraus. Ich wusste, dass die Eltern von Kian und Deirdre wohlhabend sind, allerdings war mir nicht bewusst wie wohlhabend. Wir stehen vor einem Gebäude, in das mein

Elternhaus zweimal hineinpassen würde. Mit einem Vorgarten, der schätzungsweise so groß ist, wie das komplette Grundstück auf dem Mr. O'Brians Cottage steht. Wobei dieses auch nicht gerade ein kleines Stück Land umfasst. Ich bin mehr als gespannt auf den Garten. Vor allem, weil Kian mir erzählt hat, dass es unterhalb der steilen Klippen eine kleine private Bucht gibt, in der man im Sommer schwimmen kann. Die Einfahrt zum Haus ist mit Beeten und kleinen Büschen zu beiden Seiten bestückt. Im Sommer sollen hier Tausende wunderschöne Blumen in unzähligen verschiedenen Farben blühen, wie mir Lea voller Begeisterung erzählt, als wir durch ein großes Tor auf den Weg gelangen. Als wir vor dem Haus, Anwesen, Schloss, wie auch immer man so ein riesiges Gebäude hier bezeichnen mag, halten, öffnet sich die Haustür und es stürmen zwei große, graue Kreaturen heraus. Sie toben erst um uns herum und stürzen sich dann voller Begeisterung auf Kian. Dann bin ich an der Reihe. Die beiden Deerhounds kommen gut gelaunt auf mich zu getrottet und beginnen, mich zu beschnüffeln. Ich bin absolut begeistert. Hunde waren schon immer meine liebsten Lebewesen. Kian wusste das und hatte mir nichts von diesen beiden hübschen Jungs erzählt. Ich schaue ihn tadelnd an.

„Ich wollte dich überraschen." Er wirft mir unter seinen dichten Augenbrauen einen entschuldigenden Blick zu und ich kann ihm einfach nicht böse sein.

Mit einem Satz stellt sich plötzlich einer der sanften Riesen auf die Hinterpfoten und ich habe einen großen, grauen, struppigen Kopf vor mir, der mit Sicherheit größer ist als meiner und zwei gewaltige Pranken, eine auf der linken, eine auf der rechten Schulter. Zwei große, dunkelbraune Augen schauen mich durchdringend an und dann trifft mich eine lange rosige Zunge mitten ins Gesicht.

In diesem Moment höre ich ein tiefes, durchdringendes Lachen, fast wie das von Kian, nur etwas dunkler. Mr. und Mrs. Murphy kommen auf mich zu und Mr. Murphy reicht mir die Hand. Der Hund lässt von mir ab und widmet sich auch den anderen Besuchern.

„Einen schönen guten Tag, Mr. Murphy, Mrs. Murphy, vielen Dank für die Einladung in Ihr wunderschönes Zuhause. Ich freue mich sehr, Sie beide kennenzulernen." Ich bin aufgrund der einschüchternden Umgebung, die sehr majestätisch wirkt, kurz davor, einen Knicks zu machen. Gut, dass ich mir das verkneifen kann.

„Wir freuen uns auch, dich endlich kennenzulernen Marie. Sag doch bitte Alexander zu mir."

„Deirdre, Lea und Kian haben uns schon so viel von dir erzählt. Es ist wirklich schön, dass du hier bist." stimmt Mrs. Murphy ihrem Mann zu.

„Vielen Dank, Mrs. Murphy. Ich freue mich, hier sein zu dürfen!"

„Nenn mich doch Nancy, bitte."

„Nun, jetzt wo das geklärt ist, lasst uns hineingehen. Eure Mutter hat uns ein fabelhaftes Essen zubereitet." Bei diesem Haus wäre es mir normalerweise nicht in den Sinn gekommen, dass die Besitzer selbst kochen. Ich hätte eher erwartet, dass mindestens ein Dutzend Bedienstete herumschwirren, um uns eine Tafel zu bereiten, die dem Besuch der Königin standhalten würde. Es gibt eine königliche Tafel, allerdings hat Mrs. Murphy alles selbst gemacht. Das wöchentliche Familienessen wird hier sehr großgeschrieben.

Nachdem wir uns die Bäuche mit leckerem Essen und Nachtisch vollgeschlagen haben, sitzen wir nun alle auf dem Sofa und unterhalten uns selbstverständlich über mich. Ich mag es nicht, im Mittelpunkt zu stehen, doch mir war schon bei der

Einladung klar, dass das hier eine „Wir wollen mehr über die neue Freundin unseres Sohnes erfahren"-Einladung sein wird.

Ein wenig später, nach der Tee-Time und nach dem Kreuzverhör, komme ich nun endlich dazu, mir den Garten anzuschauen. Kian führt mich durch den großen Wintergarten, der, obwohl es Winter ist, vor unzähligen Blumen in sämtlichen Farben erstrahlt. Durch eine gläserne Tür geht es nach draußen, immer dicht gefolgt von den beiden Deerhounds, Jonny und Dex. Das Erste, was ich sehe, sind drei riesengroße Buchen, die mit Sicherheit schon während einiger Jahrhunderte miterlebt haben, wie Generationen in diesem Gebäude ein und aus gegangen sind. Wenn man sie lässt, werden sie auch noch lange Zeit weiter hier ihre Wurzeln schlagen. Ich würde zu gerne wissen, welche Geschichten sie zu erzählen hätten, könnten sie nur reden.

Die Bäume scheinen wie eine Linie zu sein, die den Garten in der Mitte teilt. Rechts und links davon sehe ich Beete, vermutlich für Gemüse, einige Sträucher und Büsche, ein großer Teich und ein kleines Stück Erde, auf dem Gräser und Wildblumen wachsen dürfen.

Dahinter befinden sich noch ein paar Hundert Meter Wiese, bevor man an den Steilklippen angekommen ist, wo eine kleine Treppe zur Bucht hinunterführt. Wenn es im Winter hier schon so traumhaft ist, fühlt man sich im Sommer mit Sicherheit wie im Paradies.

Ich schaue auf das Meer hinaus und hole einmal ganz tief Luft, so als wollte ich sämtlichen Sauerstoff in der Umgebung aufsaugen. Das hier ist wieder einer dieser Momente, in denen mir absolut klar wird, dass ich die richtige Entscheidung getroffen habe, als ich vor sieben Monaten in das Flugzeug gestiegen bin. Ich spüre, wie Kian seine Hand fester um meine legt und mich ein Stück näher an sich heranzieht. Er schaut zu mir herunter und haucht mir einen Kuss auf die Stirn. Diese Küsse liebe ich besonders. Sie sagen mehr als tausend Worte.

„Na, was sagst du zu meinem Zuhause?"

„Um ehrlich zu sein, bin ich sprachlos. Hier seine Kindheit zu verbringen, muss ein absoluter Traum gewesen sein!"

„Ich muss zugeben, genau das war es auch. Und alleine durch das kleine private Stück Strand da unten waren wir bei den Kindern in der Umgebung sehr beliebt."

„Soso, dann haben dir die Mädels doch mit Sicherheit zu Füßen gelegen." Ich zwinkere ihm frech zu.

„Da täuschst du dich gewaltig. Ich sah damals nicht ansatzweise so gut aus wie heute!" Wenigstens tut er nicht so, als wäre ihm nicht bewusst, dass er alles andere als unattraktiv ist. Trotzdem schaue ich ihn ungläubig an, eine Augenbraue in die Höhe gezogen. „Im Ernst! Es wundert mich, dass Lea so wunderschön ist! Von mir hat sie das nicht, das kommt alles von Christina." Da Christina tatsächlich eine sehr schöne Frau ist und dazu eine genauso schöne Persönlichkeit besitzt, verletzt mich seine Aussage in keinster Weise. Allerdings kann ich ihm nicht zustimmen, denn Lea ist Kians Ebenbild. Nur die blauen Augen hat sie von ihrer Mutter.

Da es heute sehr stürmisch ist und das Wasser den Strand unter uns fast vollständig verschlingt, bleiben wir besser hier oben und schauen uns das Naturschauspiel aus sicherer Entfernung an. Die riesigen Wellen schlagen schäumend mit unbändiger Kraft auf die Felsen, als wollten sie sie zerbrechen. Das Meer reißt alles mit sich, was nicht befestigt ist. Ich könnte stundenlang hier stehen und zusehen. Doch es fängt an zu regnen und da es noch Winter ist, sind die Temperaturen dementsprechend frostig, sodass uns die Kälte und die Nässe sehr schnell bis unter die Haut gekrochen sind und wir uns dazu entschließen, wieder hinein ins Warme zu flüchten. Mrs. Murphy hat bereits heißen Kakao und leckeren Kuchen für uns bereitgestellt und so sitzen wir alle zusammen im gemütlichen Wohnzimmer, wo Nancy und Alexander mir die Geschichten erzählen, die sich um dieses alte Gemäuer ranken, und wie viele Generationen ihrer Familie bereits hier gelebt haben. Viele Jahre lang wurde das Gebäude lediglich als Sommerdomizil genutzt. Die ersten die sich dazu entschlossen haben hier zu leben, waren die Großeltern von Kian und Deirdre, die Eltern von Mr. Murphy, die bis zu ihrem Tod zusammen mit ihrem Sohn und ihren Enkeln hier blieben. Es dämmert bereits, als wir uns auf den Weg zurück in die Stadt machen und während wir die Einfahrt entlangfahren, sehe ich noch einmal zurück zu dem herrschaftlichen Haus und bin voller Vorfreude auf meinen nächsten Besuch.

KAPITEL 16

Heute ist der 23. Dezember, ich stehe am Flughafen und warte darauf, dass das Flugzeug nach Deutschland zum Boarding bereit ist. Es ist das erste Mal, dass ich seit meinem plötzlichen Aufbruch die Reise in die Heimat antrete, und ich würde lügen, wenn ich sagen würde, ich wäre nicht nervös. Aber die Weihnachtsfeiertage mit meiner Familie zu verbringen ist eine meiner liebsten Traditionen, auf die ich nicht verzichten möchte. Kian und Deirdre haben mich zum Dublin Airport gebracht und spielen mir die Abschiedsszene aus irgendeinem schnulzigen Liebesfilm vor. Als ich vor Lachen Bauchschmerzen bekomme und die Leute uns schon anstarren, wird mir klar, dass es Zeit ist, zu gehen. Ich nehme Deirdre noch mal fest in die Arme, dann verrate ich Kian, wo ich die ganzen Weihnachtsgeschenke versteckt habe, damit er sie morgen unter den Weihnachtsbaum schmuggeln kann. Die beiden verbringen zusammen mit Lea die Weihnachtsfeiertage bei ihren Eltern und ich kann es mir schon bildlich vorstellen, wie sie in malerischer Eintracht vor dem Kamin sitzen, in dem weihnachtlich geschmückten Wohnzimmer Eggnog trinken und Weihnachtslieder singen. Ich gehe davon aus, dass es bei uns auch so aussehen wird, nur vermutlich lange nicht so vornehm und extravagant wie im Anwesen der Murphys, aber genauso einträchtig. Hoffentlich finden all meine Geschenke Gefallen, ich habe mir die größte Mühe gegeben, für jeden etwas Perfektes zu finden. Kian haucht mir einen Kuss auf die Stirn und flüstert mir ins Ohr, dass er mich schrecklich vermissen wird. Wieder werden meine Knie weich und ich ringe mich dazu durch, mich ganz schnell aus dem Staub zu machen, damit ich mich nicht doch dazu entschließe, hierzubleiben. Diesmal bin ich die, die dramatische Szenen nachspielt und meinen Freunden unter gespielten Tränen mit einem Taschentuch zu wedelt. Dann bin ich wieder allein. Einige Minuten später steige ich mit einem mulmigen Gefühl im Bauch in den Flieger Richtung Heimat.

In Frankfurt staune ich nicht schlecht, als alle meine Lieben in der Eingangshalle stehen und ein großes Banner hochhalten, auf dem „Welcome home Irish Girl" steht. Mit Tränen in den Augen falle ich meinen Eltern und meiner Schwester um den Hals. Ich freue mich sehr, sie alle wiederzusehen, und breche selbstverständlich an Ort und Stelle in Tränen aus ... Ab und an bin ich mir selbst peinlich. Den Rest des Tages verbringe ich damit, neugierige Fragen über meine Jobs und über Kian zu beantworten.

Die Weihnachtstage sind wie immer gemütlich und sehr reich an leckerem Essen. Wenn meine Mutter uns alle zu Besuch hat, dann hat jeder mehr als genug zu essen für die nächsten paar Tage. Ich habe auch ein wenig Zeit, um mich mit einigen meiner Freundinnen zu treffen, die zum Glück so taktvoll sind, die Situation, wegen derer ich in Dublin gelandet bin, nicht anzusprechen. Also werde ich auch hier über meine neue Liebe ausgefragt. Ich liebe meine Freundinnen über alles und sie freuen sich unendlich für mich, als ich von Kian erzähle. Sie fehlen mir sehr in meinem neuen Zuhause, aber ich nehme ihnen das Versprechen ab, dass der nächste Mädels-Trip zu mir bereits in Planung ist.

Als mir im Supermarkt Philipps Mutter begegnet, wird mir etwas flau im Magen, was sich auf der Stelle verflüchtigt, als sie mich in den Arm nimmt und mir versichert, dass sich zwischen uns niemals etwas ändern wird. Ich mochte sie schon immer, wir hatten ein tolles Verhältnis zueinander. Mir fehlen die Gespräche mit ihr. Sie und ihr Mann waren von Anfang an wie ein zweites Paar Eltern für mich. Mittlerweile ist das Baby wohl zur Welt gekommen, und wie nicht anders erwartet, vergöttern Philipps Eltern ihren kleinen Enkel. Nichtsdestotrotz verurteilen sie das Verhalten ihres Sohnes mir gegenüber. Philipp und Franziska sind wider Erwarten nicht zusammengeblieben. Was als heiße Affäre angefangen hatte, hat wohl dem Windeln wechselnden Alltagstrott von frischgebackenen Eltern nicht standgehalten. Meine Schadenfreude hält sich in Grenzen, denn an erster Stelle bin ich wieder sehr glücklich und sicher, dass ich diese Reise nicht angetreten hätte, wäre es anders gekommen. Und an zweiter Stelle tut es mir leid, dass der kleine Fratz mit getrennten Eltern leben muss.

Auf dem Weg nach Hause zu meinen Eltern wird mir einmal mehr klar, wie gut es mir geht und wie wichtig es ist, das auch zu schätzen zu wissen.

Heute ist Silvester und meine Eltern und ich sind bei meiner Schwester und ihrer Familie eingeladen. Ihre Schwiegereltern und ihre Schwägerin mit Familie sind auch da. Ein Teil des Nachmittags besteht aus einer für alle Unbeteiligten, sehr amüsanten Diskussion zwischen meiner Schwester und meinem Schwager. Sie handelt davon, ob Feuerwerk nun unbedingt notwendig ist oder nicht. Ansonsten wird sehr viel gegessen, gespielt und vor allem gelacht. Heute habe ich ein wenig Heimweh nach meinem schönen Irland und nach meinen Freunden, oder besser gesagt meiner Familie dort. Ich hoffe, dass wir es nächstes Silvester einrichten können, dass die ganze Familie die Feiertage bei mir verbringen kann. Heute ist auch der erste Tag seit ich hier bin, dass Kian sich nicht schon früh morgens bei mir gemeldet hat. Um genau zu sein, hat er noch überhaupt nichts von sich hören lassen und obwohl ich eigentlich das genaue Gegenteil einer anhänglichen nervigen Freundin bin, bin ich etwas gekränkt darüber, dass nicht einmal ein Kuss Emoji kam. Ich würde mich gerne selbst für diese Reaktion ohrfeigen. Auf meine Frage an Deirdre, ob alles in Ordnung ist, bekomme ich nur ein knappes „Er ist beschäftigt mit den Vorbereitungen für die Silvesterparty im Pub" zurück. Aufgrund meiner grandiosen Superkraft, mich selbst innerhalb von Sekunden komplett zu verunsichern, plagt mich seit diesem Moment der Gedanke, dass es den beiden herzlich egal ist, ob ich dort bin oder hier.

Dafür hat sich Mr. O'Brian heute schon zweimal gemeldet, um mir einen guten Rutsch zu wünschen und mir gesagt, dass er froh ist, wenn ich wieder zurück bin. Wie ich, verbringt er die

Feiertage bei seiner Familie und wird dort unglaublich bevormundet, da dort jeder der Meinung ist, er bräuchte bei jedem Schritt Unterstützung, was bei ihm wirklich nicht notwendig ist und was er auch fürchterlich hasst, sei es noch so gut gemeint. Ich lasse ihm grundsätzlich die Freiheit, selbst zu entscheiden, bei was ich ihm helfen darf und bei was nicht. Diese Entscheidung scheint seine Familie ihm allerdings abnehmen zu wollen. Wenigstens einer, der mich vermisst, wenn auch nur dafür, dass ich ihn in Ruhe lasse.

Inzwischen ist es bereits elf Uhr und die Kinder sind beim Silvester-Fernsehprogramm eingeschlafen, während wir Erwachsenen ein wenig angezwitschert sind und uns köstlich über die vorhandenen Kinderspiele amüsieren. Als es an der Tür klingelt, befürchte ich, die Nachbarn wären über das schallende Gelächter genervt, das bis zur Straße zu hören ist, und wollten sich beschweren. Dementsprechend genervt dreinblickend begebe ich mich zur Tür, nachdem meine Schwester meint, ich wäre am besten dazu geeignet, die Situation zu deeskalieren, und sie dazu einzuladen, einfach mitzufeiern.

Als ich die Haustür öffne und der erste Schwindel, der mich mit der frischen Nachtluft fast erschlägt, verflogen ist, trifft mich der nächste Schlag: Da steht Kian, mit seinem typischen, schiefen Grinsen, das ich so an ihm liebe.

„Lässt du mich rein oder muss ich hier draußen erfrieren?" Er zwinkert mir zu und schon ist mein Hirn wieder ausgeschaltet und meine Beine werden zu Pudding ... Ob sich das irgendwann mal wieder legt?

Er tritt ganz nah an mich heran und küsst mich auf die Stirn. „Hey Süße!" Dann geht er wie selbstverständlich an mir vorbei ins Haus und wird dort, offenbar bereits erwartet, in aller Herzlichkeit begrüßt.

„Es tut mir wirklich sehr leid. Mein Flug hatte Verspätung und an Silvester ein Taxi zu bekommen ist nicht ganz einfach."

Meine Schwester geht auf ihn zu und drückt ihn fest an sich, als würden sich die beiden schon ewig kennen. „Schön dich endlich persönlich kennenzulernen."

„Na Schwesterlein, ist die Überraschung gelungen?"

Mittlerweile habe ich mich gefangen und begriffen, dass er tatsächlich vor mir steht, und freue mich riesig.

„Und ob die gelungen ist, ich freue mich riesig, dass du da bist! War das von Anfang an geplant oder war das ein spontaner Einfall?"

„Ich wollte dich eben unbedingt um Mitternacht küssen, bevor mir jemand anderes zuvorkommt." Wieder dieses entwaffnende Grinsen und ich laufe puterrot an.

Kian ist selbstverständlich nicht ohne Geschenke für die Kinder angereist. Nachdem Sophie, Ian und Felicitas sich darüber hergemacht haben, ist es schließlich kurz vor Mitternacht und niemand hat bemerkt, wie schnell die Zeit seit Kians Ankunft vergangen ist.

Zusammen mit Tausenden von Menschen am Brandenburger Tor, die im Fernsehen gezeigt werden, zählen wir alle die letzten Sekunden runter und pünktlich um zwölf Uhr dreht mich Kian einmal schwungvoll, kippt mich hollywoodreif über seinen Arm und küsst mich leidenschaftlich. Im Normalfall wäre mir das fürchterlich peinlich gewesen, so vor der ganzen Familie. Aber in diesem Moment bin ich so unglaublich glücklich, dass er da ist, dass mir alles andere völlig egal ist.

KAPITEL 17

Nach zwei Wochen in der Heimat freue ich mich nun, wieder in meinem neuen Zuhause angekommen zu sein. Ich habe die Zeit bei meinen Lieben sehr genossen. Vor allem fand ich es toll, Kian die Orte meiner Kindheit zeigen zu können. Gerade bin ich allerdings froh, wieder in Liams Garten bei meinen geliebten Hühnern im Nieselregen zu stehen, auf die satten grünen Wiesen hinauszuschauen, und genieße es, wie die eiskalte Luft meine Lunge füllt. Liam besteht darauf, ein kleines nachweihnachtliches Weihnachtsfest zu feiern, zusammen mit Kian, Lea und Deirdre. Da ich dem alten Mann selten einen Wunsch abschlagen kann, stimme ich der Idee zu und treffe die entsprechenden Vorbereitungen. Mein Geschick für Dekoration hielt sich seit jeher in Grenzen und als mir genau das wieder bewusst wird, wie ich so vor einem doch sehr missglückten Gesteck stehe, beschließe ich, meine beste Freundin darüber zu informieren, dass ich kläglich versagt habe und sie mich dabei unterstützen muss, das ganze Haus noch einmal für einen Abend in ein Weihnachtswunderland zu verwandeln.

Am darauffolgenden Samstag sitzen wir also alle gemütlich zusammen im Cottage, welches so laut Weihnachten schreit, dass man es in einem Nordpol-Wichtelwerkstatt-Magazin abdrucken könnte.

Ich stelle ein weiteres Mal schmunzelnd fest, dass wir mittlerweile zu einer richtigen kleinen Familie geworden sind. Zumindest fühlt es sich für mich so an und ich glaube, den anderen geht es genauso. Heute halten wir es, wie vereinbart, als wäre Weihnachten. Erst stürzen wir uns auf das Fünf-Gänge-Essen, das Kian und Mr. O'Brian in zwei Tagen Arbeit für uns gezaubert haben.

Nach dem Essen muss jeder ein Gedicht oder ein Lied vortragen, um sich sein Geschenk auch redlich zu verdienen. Wir haben vorher bereits beschlossen, dass wir wichteln und Lea ein Geschenk von mir und Liam zusammen bekommt. So bekommt einer nach dem anderen sein Geschenk. Als Nächstes bin ich dran. Mr. O'Brian hat mich gezogen und ich bin gespannt, was er sich für mich hat einfallen lassen. Er geht zu dem kleinen Bäumchen, das wir extra für diesen Abend aufgestellt haben, Weihnachtsbäume sind im Januar verständlicherweise mehr als günstig zu bekommen, nimmt ein sehr fantasievoll verpacktes Päckchen hoch und dreht sich wieder zu uns. Seine Augen sind ein wenig glasig und gerötet, als ob er sich bemüht, nicht zu weinen. Er hält mir das Geschenk hin, setzt sich wieder auf seinen Sessel und wartet gespannt darauf, dass ich das Papier aufreiße.

Ehrfürchtig drehe ich die alte Kamera, die darin zum Vorschein gekommen ist, in meinen Händen und versuche den Kloß, der sich in meinem Hals gebildet hat, herunterzuschlucken. Denn ich weiß ganz genau, wer die Vorbesitzerin der Kamera war.

„Liam, das kann ich nicht annehmen!"

„Ich habe lange darüber nachgedacht, wie ich dir dafür danken kann, dass du mir in den letzten Monaten so eine große Stütze warst. Ich wollte niemanden hier haben, weil ich Angst davor hatte, von einer fremden Person bevormundet zu werden. Als du so verloren vor der Tür gestanden bist, hatte ich das seltsame Gefühl, dass es passen könnte, und ich habe diese Entscheidung noch kein einziges Mal bereut. Wäre meine Susanna noch bei uns, wäre sie von dir begeistert. Ich hoffe, du hast mit der Kamera genauso viel Freude, wie meine liebe Frau es hatte."

Mr. O'Brian ist für gewöhnlich kein Mann der großen Worte und ebenso niemand, der gerne seine Gefühle nach außen trägt, umso mehr rühren mich seine Worte.

„Ich danke dir!" Ich umarme ihn fest und muss darauf achten, nicht in Tränen auszubrechen.

„Das erste Bild auf dem Film soll unsere kleine Familie sein!"

„Dann stellt ihr euch zusammen und ich mache das Foto!" Liam steht auf und streckt die Hand zur Kamera aus.

„Hast du nicht verstanden? Ich will ein Foto von unserer ganzen kleinen Familie machen!" Ich zwinkere ihm zu, drehe mich um, damit ich die Kamera mit Selbstauslöser auf dem Tisch platzieren kann, und erkenne aus dem Blickwinkel, wie eine Träne über seine Wange kullert.

Lea hüpft zu Liam auf den Schoß, schließt ihre kleinen dünnen Ärmchen um seinen Hals und gibt ihm einen Schmatzer auf die Backe. Kian und Deirdre platzieren sich um seinen Sessel herum, ich husche in Windeseile zu meinen Lieben und versuche, mich ordentlich hinzusetzen, bevor der Kamerablitz kommt.

An diesem Abend machen wir noch unzählige solche Bilder und so kommt es, dass der Film zu Ende unseres Weihnachtsfestes bereits voll geknipst ist. Gleich morgen werde ich die Fotos zum Entwickeln mit in die Stadt nehmen.

Eine Stunde nachdem Kian, Deirdre und Lea sich auf den Heimweg gemacht haben, stehe ich noch in der Küche und räume die letzten gespülten Teller in den Schrank. Inzwischen ist es bereits mitten in der Nacht. Mr. O'Brian ist auf seinem Sessel eingeschlafen. Ich lege ihm eine dicke Wolldecke über und beschließe, noch ein paar Schritte durch die Nacht zu spazieren, weil ich noch nicht müde genug bin ins Bett zu gehen. In ihrem Stall höre ich das leise Gegacker der Hühner und irgendwo in der Ferne ein Käuzchen rufen. Der Himmel ist sternenklar und es ist klirrend kalt, im Moment genau das Richtige. Es fühlt sich erfrischend an, denn in dem kleinen Häuschen wird es mit so vielen Personen recht warm. Ich genieße noch ein paar Minuten die beruhigenden Geräusche der Tiere, die die Stille dieser wunderschönen Nacht unterbrechen und gehe dann zufrieden zu Bett.

Ein paar Tage später kann ich die entwickelten Bilder abholen gehen. Ich setze mich in mein Lieblingscafé, mache es mir gemütlich und bestelle einen Tee. Als ich die Lasche des Fotoumschlags öffne und das erste Bild sehe, schießen mir Tränen in die Augen. Das Familienbild war nicht das Erste auf der Filmrolle. Ich habe ein Bild von Susanna und Liam vor mir, ein „Selfie", wie es aussieht. Ich glaube nicht, dass Liam weiß, dass dieses Bild existiert, und nehme mir vor, es rahmen zu lassen und es der Bilderwand im Cottage hinzuzufügen.

In diesem Moment trifft es mich wie ein Schlag. Ich glaube, ich weiß, worüber ich gerne schreiben möchte. Schnell packe ich meine Sachen zusammen, bezahle meinen Tee mit viel zu viel Trinkgeld, was mir im Nachhinein erst bewusst wird, und mache mich auf den Weg nach Hause.

Als ich zur Tür hineinstürze, steht Mr. O'Brian gerade in der Küche und belegt sich ein Brot. Er schaut mich besorgt an: „Marie, ist alles in Ordnung? Von welchem Teufel wirst du denn gejagt?"

„Liam, ich weiß, über was ich gerne schreiben möchte!" Ich klinge atemlos, als wäre ich den Weg von Dublin aus bis hierher zu Fuß gerannt.

„Das freut mich sehr, das ist doch wundervoll. Möchtest du mir verraten, was es ist?"

„Fast! Ich möchte dich um Erlaubnis bitten. Außerdem benötige ich dafür deine Hilfe!"

„Jetzt machst du mich etwas nervös!"

Ich halte ihm das wunderschöne Bild von sich und seiner Frau hin und schaue ihn sanft an.

Liam nimmt das Bild in die Hand und Tränen steigen ihm in die Augen „Ich erinnere mich an den Tag, an dem das Bild entstanden ist. Es war etwa eine Woche, bevor sie gegangen ist. Sie meinte, wir hätten nicht genug Fotos von uns beiden. Dann hat sie sich einfach zu mir gesetzt und mir die Kamera vors Gesicht gehalten. Deshalb mein etwas verwirrter Gesichtsausdruck."

„Liam? Wäre es für dich in Ordnung, wenn ich eure Geschichte zu Papier bringen würde?", frage ich ruhig. „Du musst dich nicht sofort entscheiden. Ich kann verstehen, wenn du Zei..."

„In Ordnung!" Er drückt das Bild an seine Brust und schaut mich entschlossen an.

Ich kann mein Glück kaum fassen: „Wirklich?" Ich kann nicht anders, als ihm um den Hals zu fallen. Nun strömen auch mir die Tränen übers Gesicht und ich verspüre eine unglaubliche Dankbarkeit.

„Ich danke dir! Wirklich!"

Ein paar Tage später sitzen wir zusammen im Keller und suchen Susannas alte Tagebücher heraus. Dann setzen wir uns auf unseren Lieblingsplatz. Ich habe meinen Laptop sowie Stift und Papier bereits vor mir ausgebreitet. Liam holt tief Luft und beginnt, ihre Liebesgeschichte zu erzählen ...

HERZ FÜR AUTOREN A HEART FOR AUTHORS À L'ÉCOUTE DES AUTEURS MIA KAPΔIA ΓIA ΣYΓΓP
HTA FÖR FÖRFATTARE UN CORAZÓN POR LOS AUTORES YAZARLARIMIZA GÖNÜL VERELIM SZI
PER AUTORI ET HJERTE FOR FORFATTERE EEN HART VOOR SCHRIJVERS TEMOS OS AUTO
ZOINKÉRT SERCE DLA AUTORÓW EIN HERZ FÜR AUTOREN A HEART FOR AUTHORS À L'ÉCOU
ÇÃO BCEЙ ДУШОЙ K ABTOPAM ETT HJÄRTA FÖR FÖRFATTARE À LA ESCUCHA DE LOS AUTO
URS MIA KAPΔIA ΓIA ΣYΓΓPAΦEIΣ UN CUORE PER AUTORI ET HJERTE FOR FORFATTERE EEN
ARIMIZ ER OINKÉRT SERCE DLA AUTORÓW EIN HERZ FÜ
SCHR OS A ÃO BCEЙ ДУШОЙ K ABTOPAM ETT HJÄRTA FÖ

Die Autorin

Alexandra Monz ist 1990 im Saarland geboren und
lebt mit ihren beiden Hunden Luna und Hector in
ihrem Heimatdorf. Wie die Protagonistin in ihrem
Debütroman „Der Weg zurück zu mir", wusste
sie lange nicht, wohin ihr Weg sie führen würde,
bis sie die Liebe zum Schreiben für sich entdeckte.
Neben der Schriftstellerei und ihrer Hauptberufli-
chen Tätigkeit ist die Autorin am liebsten mit ihren
Radiergummi Nasen (Podencos) unterwegs, liest
dicke Schmöker oder tanzt sprichwörtlich durch
die Welt wenn sie ihrem Hobby, dem Standardtanz
ihre Zeit widmet.

Der Verlag

*Wer aufhört
besser zu werden,
hat aufgehört
gut zu sein!*

Basierend auf diesem Motto ist es dem novum Verlag
ein Anliegen, neue Manuskripte aufzuspüren, zu ver-
öffentlichen und deren Autoren langfristig zu fördern.
Mittlerweile gilt der 1997 gegründete und mehrfach
prämierte Verlag als Spezialist für Neuautoren in
Deutschland, Österreich und der Schweiz.

**Für jedes neue Manuskript wird innerhalb we-
niger Wochen eine kostenfreie, unverbindliche
Lektorats-Prüfung erstellt.**

Weitere Informationen zum Verlag und
seinen Büchern finden Sie im Internet unter:

w w w . n o v u m v e r l a g . c o m